MIEDO A TU VENGANZA

CASOS CRIMINALES COMPLEJOS
LIBRO TRES

RAÚL GARBANTES

Página web del autor:
www.raulgarbantes.com

amazon.com/author/raulgarbantes
goodreads.com/raulgarbantes
facebook.com/autorraulgarbantes
twitter.com/rgarbantes

Obtén una copia digital GRATIS de *Miedo en los ojos* y mantente informado sobre futuras publicaciones de Raúl Garbantes. Suscríbete en este enlace: https://raulgarbantes.com/miedogratis

ÍNDICE

PARTE I

1

—¿Una o dos cucharaditas de azúcar? —preguntó la mujer.

—Solo una. Gracias —respondió la otra persona.

—¿Cree que en realidad estoy en peligro? —preguntó la anfitriona.

—Sí. No han sido imaginaciones lo que hemos visto.

—¿Pero por qué yo? Nunca le he hecho mal a nadie —objetó al tiempo en que se levantaba de la silla porque notó que un pájaro se posaba junto a la maceta de las hortensias, tras la ventana que se había abierto. Pudo ver su silueta en los cristales.

La persona que estaba sentada frente a ella aprovechó ese instante para sacar algo del bolsillo de la prenda de ropa que llevaba puesta. Sin pensarlo y con una velocidad increíble, le hizo un corte. Empuñaba un arma de doble filo, mortal. La disección fue precisa, en la pierna derecha de la mujer dueña de casa, justo en la arteria ilíaca externa. Sabía muy bien medir el lugar, imaginarlo debajo de la ropa clara que su víctima llevaba puesta. Ella no pudo reaccionar a tiempo para intentar apartar la mano asesina. Además, esta era fuerte y ágil. En segundos, hizo otro corte en la arteria femoral de la misma pierna.

La mujer, herida de muerte, comenzó a marearse. Los cortes no le dolían, solo sentía su pierna mojada y caliente. Lo único que podía pensar en ese momento era en una pregunta: ¿por qué esa persona había hecho eso?

No tenía ningún motivo, se repetía.

En un instante se vio como viviendo una fantasía, una pesadilla. No podía ser cierto lo que estaba ocurriendo. Alguien había entrado a su casa, y ella permitió ese ingreso porque no había nada que temer. ¡No podía haberlo! Y ahora la había herido sin más. Debía ser una persona desquiciada.

—¿Por qué ha hecho...? —alcanzó a decir mientras llevaba sus dos manos a la altura de su muslo. La cantidad de sangre que se desbordaba de su cuerpo le resultaba alarmante. Comenzó a sentir dificultad para respirar.

Aquella persona, veloz, hizo otros dos cortes de inmediato en la otra pierna. Parecía haber sido entrenada para eso: para cortar, para herir de forma fulminante.

Entonces la mujer cayó al piso. Comprendió que era su fin y no sabía por qué.

2

EL PAVIMENTO MOSTRABA una capa de arena rojiza y fina que lo cubría todo aquella noche del 10 de diciembre. Miré hacia abajo y me dije que nunca había visto granos de arena de ese color. Creía recordar una imagen de un libro, que de pequeña había hojeado en casa de mi abuela y que mostraba algo similar, pero era una fotografía de un desierto africano muy lejos de Wichita.

El rostro sonriente de mi abuela y el olor a abedul que siempre rodeaba su bonita casa nubló por un momento mi interés en la extraña arena. Sentí nostalgia de ese pasado en el que fui feliz, aunque fuera por poco tiempo. Ahora me parecía un contraste con el presente. Por alguna razón, estaba inquieta, alerta.

Inspiré y continué caminando hasta el número 400 W de la avenida Waterman. Desde allí, presentía la existencia del río Arkansas aunque no pudiese verlo. Sentía las manos frías. Eso me pasaba cuando estaba cerca de su caudal; experimentaba temor y no sabía por qué.

En ese momento, recordé que había soñado con él, con el

río. Me detuve. Entonces supe que ese sueño había sido angustiante, pero no fui capaz de recordar por qué. Me dije que tal vez por eso me sentía nerviosa y mis manos estaban tan heladas.

Recordé de repente a Lilian, nuestra jefa forense, hablando de Dante y de los círculos del infierno. Había asistido a una obra de teatro que hacía referencia al «río de los muertos»…

Lilian era la responsable de que estuviese caminando por esa calle en aquel momento. Nos había invitado a un lugar. Se trataba de un gastrobar, propiedad de alguien que ella apreciaba. Nos citó a Anne, Juliet, a la jefa Tonny, a Rossy y a mí a conocer el sitio. Según ella, el viernes por la noche, El Olvido adquiría una atmósfera interesante, con la iluminación a medias y los espléndidos cantantes de *jazz*.

Di unos cuantos pasos más porque no encontraba la entrada, hasta que vi, a unos metros más allá, la luz amarilla y tenue de un farol que parecía antiguo. Me dije que ese debía ser El Olvido.

No había nadie en la calle y no se escuchaba ningún ruido. Me pareció un lugar demasiado tranquilo para estar ubicado un bar. Tampoco había coches estacionados cerca. Si aquel era el gastrobar, no debía estar muy concurrido.

Confirmé la dirección en el móvil. Era la correcta, así que continué avanzando. Entonces me di cuenta de que alguien me seguía.

Volteé.

Una ráfaga de viento chocó contra mi falda y mi blusa, y un olor a agua fétida llegó hasta mí, pero en un segundo desapareció. No estaba segura de si fue real.

Continué escuchando pasos, pero no había nadie en la calle. Pensé que era una mala pasada de mi mente, una alucinación auditiva, y estaba segura de que tenía que ver con ese sueño que no podía recordar, pero que había dejado mi mente intranquila.

Una nueva ráfaga de viento helado levantó la arena rojiza que cubría el pavimento y revolvió mi pelo.

Sentí que algo caía sobre mi cabeza, pero era solo el efecto del viento y la arena.

Extendí la mano izquierda y vi como unos minúsculos granos caían sobre mis dedos. Estrujé los dedos índice y pulgar para sentirlos. Eran muy finos. Entonces, de golpe, recordé el sueño que tuve apenas horas antes.

3

TODO ESTABA oscuro y solo veía al indio, a la gran estatua del Guardián de las Llanuras, que se encuentra en la ciudad junto al río Arkansas. Brillaba, pero no tenía cabeza, y el río parecía de sangre. Escuchaba gritos de muchas personas y sabía que las casas y los edificios se estaban cayendo. La voz de mi abuela me dijo algo:

«Vienen por ustedes, mi niña».

De repente, vi una moneda caer del cielo. Una de un tamaño descomunal. Chocó contra el suelo y abrió una gran grieta. Hizo un ruido estridente. Reconocí la moneda que tenía grabada al *Hombre de Vitruvio*, la había visto en innumerables ocasiones desde el asesinato de mi novio Devin. Luego cayó otra moneda, y otra, y otra... Era una lluvia de monedas haciendo un ruido ensordecedor. Todas tenían grabadas al *Hombre de Vitruvio*. Y la estatua del indio también se convirtió de pronto en el *Hombre de Vitruvio* y comenzó a girar sobre su propio eje a una velocidad vertiginosa.

Supe que la oscuridad quería acabar conmigo, que venía

por mí, como me había alertado mi abuela. Entonces comencé a correr. Sentía mi respiración acelerada y corría para escapar de la lluvia de monedas. El sonido atronador se quedaba en mi cabeza y también el de los gritos de las personas, de todos los habitantes de Wichita que estaban muriendo aplastados. ¡La ciudad estaba siendo destruida y yo no podía hacer nada!

En el sueño, llevaba conmigo mi arma y el móvil. En ese momento me llamó Sarah Morrison, la niña que estuvo a punto de morir y que logré salvar junto con Anne Ashton hace año y medio. Me dijo que tenía mucho miedo porque la oscuridad había vuelto por ella.

Allí terminó el sueño, y solo en ese momento logré recordarlo.

Ahora, en la calle y mirando hacia atrás, lo reviví todo de golpe.

¿Por qué allí y en ese instante?

¿Por qué esa inquietud creciente?

No me gustaba sentirme así tan alerta. Me dije que debía seguir andando y pensar que este sueño, como muchos otros, debía sedimentarse en mi cabeza y que con el pasar del tiempo comprendería su significado. Si algo había aprendido, era que mis visiones y mis sueños eran confusos, y que el tiempo me ayudaba a despejar los verdaderos significados que encerraban. Con paciencia era como había podido emplearlos para resolver los casos. La ansiedad no me conducía a ningún lugar.

En ese momento, escuché un coche a lo lejos. Me dije a mí misma que debía calmarme. Continué caminando en dirección al farol de la luz amarilla. Llegué y me detuve ante él. Leí en un pequeño letrero de letras negras el nombre del gastrobar.

Abrí la puerta y todo cambió. Lo que era silencio y tranquilidad se convirtió en música, voces, risas... Se trataba de una antesala con paredes de tono escarlata y lámparas clásicas de lágrimas de cristal. Había varios objetos antiguos, candelabros y muñecas de ojos brillantes y pelo rizado. También un espejo empañado y manchado junto a una gran cortina negra que parecía pesada. Vi una entrada junto a ella, supuse que daba paso al «corazón» del bar. Me extrañó que no hubiese nadie en aquel vestíbulo para recibir a los clientes.

Avancé hasta la entrada y la atravesé. Al hacerlo, rocé la tela de la cortina con el brazo. La sentí áspera. Alguien gritó, pero luego comenzó a reír. Había al menos cincuenta personas en ese lugar. Las mesas eran circulares y una lámpara de neón azul rodeaba el techo. Las sillas en torno a las mesas eran cubos negros.

Miré una de las mesas, rodeada de un sofá y varios asientos individuales, y reconocí a Lilian. Al verme, sonrió y caminó hacia mí.

—¡Hola, Alexis! Ya estamos todas aquí. ¡Vente! —dijo, me tomó del brazo y me llevó hacia la mesa. Parecía contenta.

Allí estaban Anne, Rossy y Juliet.

—La jefa Tonny no ha podido venir —comentó Anne, levantándose y haciéndose a un lado para que yo pudiera pasar y sentarme en el sofá junto a la mesa.

Ella estaba acomodada en una de las sillas. Pasé y me senté entre Juliet y Rossy. Esta última miraba el móvil que llevaba entre las manos y me dijo «hola» sin mirarme. Lilian se sentó en la silla vacía que estaba junto a donde se había acomodado Anne.

—¿Has visto lo del virus que se desató en la famosa Escuela de Adiestramiento de Aviadores? —me preguntó Lilian, hizo una pausa y luego continuó—: Es la que está al norte de la ciudad, reconocida por ser de las mejores del mundo, con un programa de la OTAN. Mi marido no sabe qué pensar. Es buen amigo de... —dijo, dejando la frase inconclusa.

—Lilian estaba hablando de eso antes de que llegaras. Yo no he visto nada al respecto —respondió Anne y llevó a sus labios un vaso que supuse contenía *gin*. Era su trago preferido.

Dije que no me había enterado de la noticia. Por alguna razón, me había atacado un cansancio y un sueño inusuales que me habían llevado a dormir casi todo el día. Por ello no me había enterado de esa noticia.

El timbre de un móvil sonó en ese momento e interrumpió mis pensamientos. Era el de Rossy. Ella sonrió al mirar la pantalla y salió del bar. Vi como Juliet la seguía con la mirada y me pregunté qué estaría pensando. Juliet era una mujer con una fuerte coraza que hacía difícil conocerla. Allí estaba, igual a como se presentaba en la oficina cada día, inescrutable. Esa rigidez en su apariencia, en ese momento, significó algo para mí, pero no logré saber qué.

—El comandante Alfred Price brindó unas declaraciones sobre lo ocurrido en la Escuela de Adiestramiento de Aviadores —dijo Juliet y luego se inclinó para tomar de la mesa una copa de vino tinto.

Tomó un sorbo, la dejó en su sitio y continuó hablando.

—He leído en Twitter un montón de sinsentidos. Algunas personas exponen sus opiniones como si fuesen verdades científicamente comprobadas. Dicen que la arena que ha cubierto la ciudad este diciembre es la que ha enfermado a los aviadores. Inventan las más disparatadas teorías. Además afirman que los pájaros están muriendo por la misma razón. Porque hay algo en el ambiente. Se empeñan en buscar cosas misteriosas y en conectarlas a todas, y parece que en esta época, previo a los días de Navidad, se ponen todavía más creativos —sentenció y volvió a tomar la copa de vino.

—Pero no puedes negar que lo de la arena es anormal. A menos que lo relaciones con… —dijo Lilian y calló.

En ese momento, volvía Rossy.

4

—Tengo que irme. Mi novio ha llegado a Wichita de improviso —dijo con una gran sonrisa y con la voz más aguda.

Se despidió de todas y se fue caminando rápido. Juliet levantó las cejas y se quedó en silencio.

—Nuestra amiga está enamorada —afirmó Anne.

—Decía que sí que están sucediendo cosas raras en estos días, y no me parece que todo lo que se dice en las redes sea descartable. Es un hecho que los pájaros se desploman, y eso es lo que la gente comenta con todo el derecho, pero lo más importante para mí es que se trata de aves migratorias que no debían surcar estos cielos, en esta época del año. Están como desorientadas... como si se les hubiese olvidado la ruta habitual. Además, según mi vecina, parece que muestran algo extraño en sus picos, cierta deformación y coloración singular —completó Lilian.

—Esa no es la primera vez que pasa. Creo que una noticia similar apareció hace un año, y tal vez seis meses en otra ciudad. Cuando justo estábamos en el caso de Platt y Andrew… —dijo Anne, y de repente hizo silencio.

Era justamente el caso en que habíamos trabajado la agente del FBI de Washington D. C. Julia Stein y yo, en el que habíamos salvado la vida de Sarah Morrison y de otros niños.

—A veces tengo la impresión de que las cosas siempre vuelven a suceder —completó Anne, pensativa.

—¿Ves? A eso me refiero. Todo el mundo ha adoptado una actitud críptica, extraña. Como tú ahora mismo, Anne. Estás algo misteriosa —afirmó Juliet—. Esta borrasca cargada de arena que no deja ver con claridad la ciudad parece que también ha nublado las mentes de las personas —se quejó.

Me pareció que comenzaba a comprender algo de lo que decía Juliet. Creo que se refería a cierto ambiente de tensa calma que se respiraba. Era como si la ciudad presintiera que algo malo iba a pasar. Claro que para Juliet ese asunto era desfavorable, un capricho sin sentido de las personas, pero para mí era mucho más: creía en las intuiciones y en la capacidad de percibir cosas que para muchos no estaban a la vista. Yo misma era una especie de prueba de ello.

—Anne, creo que te estás dejando llevar por las revelaciones del pastor King, aunque no deberías, ya que tú no perteneces a esa religión. Ahora King está en su momento de gloria porque anda diciendo a diestra y siniestra, en todos los medios de comunicación, que el «fin de los tiempos se acerca» —dijo Lilian, hastiada.

Sabía que era atea y que las ideas religiosas la irritaban en extremo. Yo siempre había supuesto que eso obedecía a que en su niñez un adulto de su entorno fue un fanático religioso, lo que la hizo rechazar todos los planteamientos dogmáticos.

De repente, comenzó a escucharse una canción: *What a Wonderful World*. Una chica la cantaba con voz grave. Los murmullos y voces que estaban allí de fondo desde que llegué dejaron de oírse. La gente hizo silencio. Nada más se oía la voz de la solista.

«*The colors of the rainbow, so pretty in the sky*».

Un chico que mostraba en el brazo un enorme tatuaje de un dragón envuelto en fuego se acercó y me preguntó si quería tomar algo. Venía sonriendo con malicia. Sus ojos eran muy claros. Incluso me pareció que pronunció mi nombre al hacer la pregunta, pero no estuve segura. Le respondí que un vodka tonic.

¿Acaso me conocía?

Transcurridos un par de minutos, el chico volvió con mi trago. Al ponerlo sobre la mesa, golpeó las llaves del coche que yo había dejado allí.

—¿Sabes mi nombre? —le pregunté.

Anne se quedó mirándome extrañada, interesada. Pude darme cuenta de eso por el rabillo del ojo.

—¡Claro! ¡Usted es Alexis Carter! La he visto alguna vez en las noticias. Soy un aficionado de las historias de asesinatos y de los casos reales de crímenes que hemos tenido en el estado. Además, no me olvidaría de su cara…

Luego de decir eso, se fue.

—*What a Wonderful World*… —cantaba Lilian con picardía.

Pero yo no quise bromear por el comentario del chico. Aunque intentaba no estarlo, me sentía preocupada. Escuchar la letra de la canción resultaba peor para mí. Me parecía que distaba mucho de la realidad. Me refiero a que me inundaba esa sensación de que habitábamos un mundo peligroso que se encontraba al borde del abismo, una inquietud sutil que no me abandonaba y que me alertaba de que, antes que maravilloso, se trataba de un mundo peligroso. Estaba segura de que a muchas personas les ocurría lo mismo en ese momento. Podía percibirlo. No solo me refería a las que estaban allí en el bar, sino en la calle, en la ciudad y más allá…

5

Volví a casa luego de tres horas.

El resto de la noche en el bar transcurrió sin sobresaltos.
El chico que atendía nuestra mesa y que intentaba ligar
conmigo continuó con una sonrisa disimulada, y luego lo vi
haciendo lo mismo con una chica que estaba en la mesa, de
junto. Ella también era rubia, pero más joven que yo. En ese
momento, pensé que cada vez tenía más claro que en materia
de gustos eróticos y sexuales la gente, sin quererlo, repite un
patrón: nos gustan personas de físico parecido. Recuerdo que
pensé en Sebastian Haussmann por unos segundos y luego me
lo saqué de la cabeza, cuando decidíamos qué comida
ordenar.

Al llegar a casa no tenía sueño y me senté en la sala, pensando
en los temores que me había dejado el sueño.

Tomé el portátil y busqué información sobre el virus que
había atacado a los alumnos de la Escuela de Adiestramiento

de Aviadores de Wichita. Vi las breves declaraciones de Alfred Price. Me enteré de que los síntomas que presentaron comenzaron con unas llagas muy dolorosas en las extremidades inferiores y superiores, y luego derivaron en la inflamación de otros tejidos internos. Aunque no quería hacerlo, algo en mi cabeza relacionaba lo que había pasado en la Escuela y lo que estaba sucediendo en Wichita con las escrituras religiosas, con las plagas de Egipto y en parte con el Apocalipsis. Las conocía porque en mis estudios me había topado con casos de pacientes psiquiátricos críticos que estaban obsesionados con el fin del mundo y que habían desarrollado conductas criminales.

Dejé el portátil en un esfuerzo por apartar esas ideas. No sabía quién era ese pastor King, mencionado por Juliet, pero tampoco me interesaba saberlo. Lo que menos quería era convertirme en una ferviente creyente de cataclismos e ideas apocalípticas, solo porque había llegado una arena roja, los pájaros estaban enfermos o porque un grupo de militares había enfermado. Tenía que relajarme un poco. Hasta el propio comandante Alfred Price pensaba que se había tratado de una intoxicación. No había nada raro en eso. Por lo que vi de él, me parecía un hombre sensato, con una mente despejada.

Me levanté de la butaca y caminé hacia la ventana. Allí, detenida, me dije que tal vez el problema, lo que me tenía inquieta, era que no me habían asignado ningún caso en esos días.

Había una especie de «tregua de asesinatos» en el Departamento de Casos Complejos. Ni Anne ni yo teníamos en ese momento investigaciones abiertas. Por ello nos habíamos dado a la tarea de estudiar los casos cerrados para hacer deducciones que pudieran sernos útiles en nuevos casos. Anne era muy buena en su trabajo, resolutiva e intuitiva. Una mujer entregada a la acción, pero que también confiaba en el valor de los análisis criminológicos. Era reflexiva cuando se lo proponía. En tiempos de poca acción de calle, nos dedicábamos a estudiar las investigaciones resueltas, buscando claves para sistematizarlas. Se nos daba bien hacerlo juntas. Anne decía que mi cabeza funcionaba distinta a la de ella. Que yo era mucho más creativa y, por ello, mejor. Realmente me apreciaba. No sabía de mi capacidad empática y reducía eso que llamaba «más imaginación» a que en mi pasado, antes de formarme para trabajar en el Cuerpo, fui psicoterapeuta en Topeka. Algunas veces había estado a punto de contarle a Anne sobre mi capacidad empática, pero siempre me arrepentía. Sin embargo, sabía que ese día llegaría, que podía ser sincera con ella y que Anne era capaz de continuar confiando en mí aunque no me comprendiera del todo.

Me dije también que era posible que hubiese soñado con Sarah Morrison, porque uno de los casos que volvimos a leer Anne y yo fue aquel en el que esa niña estuvo implicada como víctima.

Continué mirando a través del cristal de la ventana hacia el parque, al árbol que me gustaba y a las luces de la ciudad.

«Vienen por ustedes mi niña».

Fue lo que dijo mi abuela en el sueño. ¿Qué significaba? ¿Por qué en plural?

Sabía que yo era enemiga de la oscuridad y que esta buscaba hacerme daño, pero no comprendía quiénes éramos «nosotros». Estaba segura de que mi abuela había dicho esa palabra en el sueño: ustedes…

Fue en ese instante que presentí con mayor fuerza que algo pasaría en la ciudad, aunque la vista de mi ventana me mostraba las calles en calma. Y no me equivoqué.

6

Un monstruo se levantó en el aire.

Era oscuro, estruendoso.

Los cristales temblaban al punto que esperé el estallido ante mis ojos. Los cubrí, por instinto, y di varios pasos hacia atrás. ¡Nunca había visto un tornado de tal magnitud! Parecía querer tragarse toda la ciudad a su paso. Estaba segura de que lo haría.

Se desplazaba violento, se acercaba cada vez más. Escuché gritos, cosas caer. Corrí a donde había dejado el móvil, sobre la mesita junto a la butaca. Busqué noticias, los *trending topic* a esa hora, la una y siete de la madrugada. Había confusión y asombro. El tornado nunca fue detectado por los radares. Se habían desatado dos fenómenos atmosféricos de repente que podían ocasionar muchos daños materiales y humanos. Pedían a la población que no saliera de casa y se resguardara. Por un lado, el inmenso tornado que muchos comparaban con el Bridge Creek-Moore sufrido en mayo de 1999, que destrozó Oklahoma con brotes de categoría F5, y que según lo que estaba leyendo atravesaría el corazón de Wichita. Y por otro, unas fuentes de extrema luminosidad que algunos pobladores del barrio Oaklawn-Sunview, cerca del parque Idlewild, reportaban.

Además, temperaturas extremadamente bajas tomaron por asalto la ciudad y los alrededores. Comenzó a caer granizo antes de la formación del tornado y de la aparición de las nubes oscuras. Ahora se reportaban fuertes ráfagas de viento que en algunos casos habían desprendido tejados y anuncios publicitarios, ocasionando heridos. Los árboles caían como bolos y las salas de emergencia de los hospitales recibían a las decenas de heridos... La situación nos había tomado por sorpresa, y eso era extraño, porque sabía que se contaba con radares para detectar y conocer el paso de los tornados.

Los cristales de la ventana vibraron con mayor fuerza y un enorme rayo cruzó el cielo al mismo tiempo. Escuché un sonido parecido al de un tren de carga en movimiento, luego otro que me pareció más bien una gran cascada. Después oí varios aullidos, y luego, como si millones de abejas estuviesen zumbando sobre la ciudad.

No podía continuar leyendo las noticias. Tenía que salir del estupor que me habían producido. Escuché varias alarmas cerca del edificio y también golpes secos, como los que producen las personas al caer. Hubo en ese momento pasos apurados en la escalera. La luz parpadeó, la de mi sala. La lámpara hizo un sonido como si la bombilla fuese a fundirse, luego encendió, pero con una luz más tenue. Percibí el llanto de un niño pequeño del otro lado de la puerta de mi piso. Recordé el sótano del edificio. Tomé el móvil, una botella de agua, el arma y salí del piso. Me detuve junto a la puerta. Varias personas bajaban corriendo por las escaleras. Una de ellas se cayó. Se trataba de un chico delgado y bajo, de pelo negrísimo y largo, recogido en una media cola. Dos que venían tras él le pisaron las manos. Las personas que corrían parecían animales desbocados.

—¡Soy la detective Alexis Carter! ¡Deben conservar la calma! Por favor, no salgan a la calle. Es mejor dirigirnos al sótano. Allí estaremos a salvo hasta que el tornado pase.

—Tiene razón —dijo alguien que se hallaba dentro del tumulto.

El chico caído se levantó y terminó de bajar los peldaños, confuso, con los ojos desorbitados. Di varios pasos hacia adelante con la intención de unirme al grupo que bajaba. Escuché la voz de una niña que provenía de un piso superior. Preguntaba por «Foggy». Supuse que sería su mascota. Una mujer le respondía que no tendrían tiempo de buscarla, y que luego «papá» lo haría. La niña comenzó a llorar. Me detuve y miré hacia arriba. Sabía que la niña necesitaba a «Foggy» para estar bien. Toqué el pasamanos de la escalera. Lo sentí arder. Sabía que en realidad no estaba ardiendo. Dos chicas y una mujer mayor pasaban por mi lado, y con ellas terminaba el grupo que descendía.

Escuchamos el choque de un coche contra algo y luego una explosión. También cayó sobre nosotras un resplandor por medio de la ventana del descanso de la escalera. Comencé a bajar. Escuchaba las voces de las personas que lo hicieron antes. Había agitación y nerviosismo. Alguien se quejó del frío que se había apoderado del lugar.

—Hay que conservar la calma —volví a repetir, ahora en voz alta. Cuando lo hice, vi salir vapor de mi boca.

Terminé de bajar y me detuve junto al grupo. Nos hallábamos en la planta baja del edificio, a varios metros de la puerta principal. Señalé la otra puerta, la que conducía hacia el sótano, que se hallaba a la izquierda. Pocas personas conocían su existencia porque el acceso al aparcamiento, normalmente, se daba por medio del ascensor. Casi nadie utilizaba esta puerta. Entre la planta baja y el *parking* había un entrepiso de medianas proporciones que era utilizado como depósito. Era allí donde pretendía que nos resguardáramos mientras pasaba lo peor.

Noté que ya la puerta estaba abierta. Evidentemente, alguien había pensado lo mismo que yo. Era sin duda el lugar más seguro.

Un hombre al que había visto un par de veces antes ayudó a conducir a la mujer mayor hacia la puerta. La niña continuaba llorando, desconsolada. Ella y su madre pasaron por mi lado y yo les señalé la puerta del sótano. Me había detenido para asegurarme de que todos los que aún estuviesen bajando por la escalera después de mí entraran en el refugio.

Me dirigí a la pequeña.

—Soy Alexis. Soy policía. Puedo traerte a Foggy. ¿Es tu perra? ¿Quieres que lo haga? —le pregunté.

—¡Sí! ¡Es muy pequeña...! Está en la habitación. Está recién operada y ahora duerme. Pero no puede quedarse sola... —alcanzó a decir antes de volver a estallar en llanto.

—Deme las llaves de su piso —le dije a la madre con determinación.

Me resultaba insólito que no se diera cuenta de que dado el estrecho vínculo de su hija con el animal, si no intentaba salvarlo, le produciría un trauma enorme. Eso considerando que no quisiese a Foggy, como estaba claro lo hacía la pequeña.

La mujer me miró con los ojos muy abiertos.

—En este momento, el tornado no está tan cerca. Puede que pase por aquí, pero tenemos aún varios minutos para actuar. Puedo traer a su mascota y así su hija estará mucho más tranquila y mejor —le expliqué.

Pareció comprender.

—Está bien. Es el quinto piso —dijo y me entregó un llavero dorado y circular.

Lo tomé, y la niña me miró esperanzada cuando lo hice. Interrumpió su llanto en ese momento.

—Continúen hacia el sótano. Allí estarán a salvo —les pedí y comencé a subir las escaleras.

Escuché varios sonidos de llamadas a móviles y una voz que se desprendía de un aparato informaba noticias sobre los destrozos en la ciudad. Luego dejé de oírla. Ya todos los vecinos habían entrado en el sótano. Continué ascendiendo. Las alarmas en la calle se hacían más numerosas y se colaban en el edificio a través de las ventanas rotas, dispuestas en los descansos de la escalera. Podía imaginar el caos afuera, sobre todo por el miedo colectivo.

Entonces choqué con el pasamanos de la escalera y lo sentí como un témpano de hielo, el mismo que antes me había parecido que ardía. Gotas de rocío cubrían la madera oscura. Me di cuenta de que era el mismo lugar donde el chico de pelo largo se había caído segundos antes.

Unas palabras aparecieron en mi cabeza:

«Los seres nocturnos no volverán a ver la luz porque esta es la penumbra eterna. Ya nada será como antes».

¿Qué significaba eso?

Subí los escalones de dos en dos. No estaba tan segura de que tuviese tiempo de resguardarme como los otros. Sentí miedo y me arrepentí de intentar salvar a Foggy.

Llegué al quinto piso y metí la llave en la puerta. Abrí y avancé. Atravesé la sala comedor lo más rápido que pude. Escuchaba a un perro llorar. El sonido me orientó hasta dar con ella. La encontré dentro de una cesta. Era una *cavalier king*, cachorra. Sus patas estaban vendadas y una de ellas sangraba. La tomé en brazos y la llevé conmigo. Sentía el latido de su corazón muy fuerte cuando la aferré contra mí. Bajé las esca-

23

leras con rapidez. El resplandor afuera se hacía más fuerte. También el zumbido de las abejas y los gritos y aullidos en la calle. Casi me caigo al llegar a la planta baja, pero recobré el equilibrio. El animal estaba en silencio y podía sentir el calor de su pequeño cuerpo.

Cuando llegué al sótano, la luz parpadeó y luego todo quedó a oscuras. Con el animalito aún entre mis brazos, maniobré para sacar mi móvil y alumbrar hacia adentro. Me vi en medio de un gran grupo de personas que me miraba. Algunas de ellas también tomaron sus móviles para activar la linterna. Escuché murmullos.

La niña se abalanzó sobre mí. Cuando hicimos contacto, vi dentro de mi cabeza a una mujer alta, delgada, en medio de un campo de espigas. Pensé que era ella, en el futuro. O tal vez alguien significativo para ella, pero no era su madre. Como fuera, resultó una visión esperanzadora. Entonces supe que para muchos habría un mañana a pesar de la destrucción que estábamos padeciendo.

—¡Gracias! ¡Gracias! ¡Has salvado a Foggy! —dijo.

La tomó en sus brazos y la besó.

—Soy Kelly y tú eres mi mejor amiga —me dijo.

Escuché a alguien hacer un comentario:

—¿Cómo han dejado a ese pobre animalito a su suerte? No sé por qué la gente así tiene mascotas…

Sabía lo que estaba pasando. El miedo saca lo peor de todos. Nos hace violentos, desacertados. No era el momento para hacer señalamientos.

—¿Quién eres tú para criticarme? —respondió en voz muy alta la madre de Kelly.

Entonces pasó algo desconcertante. Alguien me acusó de ser la culpable de lo que estaba sucediendo.

7

—¡Es por la gente como usted que nos está pasando esto! —exclamó un hombre con voz muy alta, mostrando autoridad.

Detrás de esa insólita declaración hubo algunos comentarios que no pude comprender. Hasta me pareció que alguien hablaba en otro idioma.

—Es policía, ¿verdad? Lo sé, y está armada. ¿No es cierto? ¡La violencia nos ha traído hasta aquí! El libre albedrío que no hemos sabido agradecer a Dios. El reverendo King lo ha dicho. Le esperan cosas espantosas a esta ciudad en el corazón de la nación. Por eso el viento ha venido a violentar nuestra vida, para acabarnos.

—¡Cállate de una vez, Ted! —dijo una mujer de pelo cano que estaba a su lado. Pude notar que lo miraba con odio.

—¡No le hables así! —afirmó alguien.

—La gente no tiene ninguna educación —respondió otra persona.

Allí estábamos todos, rodeados de oscuridad, solo alumbrados por las linternas de los móviles, vociferando y acusándonos entre todos. Era esa la penumbra eterna…

En ese instante, escuchamos un disparo. Algunos gritaron y otros bajaron un poco sus cabezas. Pude ver las negras siluetas de todos moverse.

Calculé por el sonido que el disparo había tenido lugar en la calle y que no había peligro inminente allí adentro.

—Soy policía, y estoy aquí para resguardar el orden hasta que el tornado pase y las cosas se calmen. Si pensamos con claridad y aguardamos confiados, no nos sucederá nada. Eso incluye que no rompamos la armonía entre nosotros —alcancé a decir en voz muy alta. Sabía que, en situaciones como esas, eran comunes los conflictos. Formaba parte de la naturaleza humana y comprendí que a eso se refería la frase que había aparecido en mi cabeza. La penumbra eterna podía referirse a eso.

—¡Nadie podrá salvarnos! ¡Ahora pagaremos justos por pecadores! Tuvimos oportunidad de enmendarnos, pero no lo hicimos. ¡Nada será como antes! —gritó el hombre llamado Ted.

—¿Por qué ha dicho eso? Eso último —pregunté y me acerqué a él para ver mejor su rostro. Lo alumbré con el teléfono.

El hombre permaneció en silencio y bajó la mirada. De inmediato, comenzó a mover las manos como si estuviese desenredando un ovillo invisible frente a su cuerpo, como si este estuviese flotando en el aire, delante de él.

—Está loco… —dijo alguien de voz aguda.

Era un hombre viejo, enfermo. Sus manos tenían un color azulado y estaban muy arrugadas. Puede que su cuerpo se viera sano, pero sabía que ese comportamiento podría estar asociado a una enfermedad mental. También pensé que lo más importante era restar importancia a la tensión. Tendría tiempo de pensar en las frases en mi cabeza y en lo que ese hombre acababa de repetir después.

—Debió haberlo escuchado en televisión o en internet, en algún video. Ted, mi marido, ha tenido algunos problemas de salud y ha estado confuso últimamente. Solo repite lo que oye —explicó la mujer que lo acompañaba.

Entonces alumbré su rostro. No tuve que tocarla para comprender más sobre ella y su relación con Ted: estaba hastiada de él. Era una mujer mucho más joven, e incluso, lo que antes me había parecido pelo cano, ahora me lucía a color artificial: se había teñido al estilo *gray hair*. Lo habría hecho —tal vez— para disimular los años que había entre ellos. Su apariencia, en general, parecía estar orientada a verse mayor: el largo de su falda, el diseño conservador de su blusa. Era como una impostora, alguien que cumplía el papel de una esposa y que se empeñaba en verse mayor. Tal vez estar con él significara obtener algún beneficio, y ella tenía intereses ocultos. Me dio la impresión de que Ted estaba en peligro a su lado.

Me dije que tenía que dejar de analizar a esas personas y concentrarme en la situación extraordinaria que atravesábamos, la que todavía no estaba superada.

Caminé hasta el medio del grupo. Ellos habían construido una especie de semicírculo, de pie, en la parte central del recinto.

—Bien. Ahora quiero que cada uno me diga si conoce a algún vecino que no vea en este momento, en este lugar. Si sabe de alguien de movilidad reducida o que podría necesitar ayuda para trasladarse a este sitio —dije en voz todavía más alta, y paseando la mirada entre todos los presentes, ayudada a medias por las luces que se desprendían de los móviles que algunos todavía mantenían a la altura de sus hombros.

Nadie dijo nada.

Los minutos siguientes hubo calma. Nos sentamos en el suelo en ese lugar, entre cajas de cartón y materiales de jardinería. Allí los teléfonos no tenían cobertura, así que no podíamos enterarnos de lo que estaba sucediendo afuera. Solo esperábamos.

Yo estaba pendiente de los sonidos de la superficie. Por ello, me senté lo más cerca que pude de la entrada. También intentaba traducir lo que podía estar sucediendo en la calle. Ya antes había pasado revista a los presentes, reconociendo sus lugares de residencia. Todos los vecinos, que hasta entonces no había conocido de nombres, estaban allí. El grupo se hacía más numeroso porque en el piso dos estaba teniendo lugar una fiesta. De allí venían los chicos y las chicas que había visto en las escaleras. Una de ellas se mostraba muy intranquila y quería salir del sótano. Tuve que disuadirla en dos oportunidades de que no lo hiciera. Era claustrofóbica.

Transcurrió cerca de una hora de larga espera, pero la situación estaba controlada. Contábamos con ventilación, todos estaban relativamente calmados y bastante callados. Dado el tiempo, ya era evidente que el tornado no había pasado por esa calle. Yo no era experta en calcular los pasos de los tornados, pero esa fue mi impresión en ese momento. Revisé de nuevo mi móvil. Continuaba sin cobertura. Decidí salir de allí para buscarla e informarme de lo que había sucedido en la ciudad. Debía hacerlo, pero me preocupaba que al salir Ted Westerby (ese era el apellido del hombre que me había acusado) o la chica claustrofóbica, llamada Lorna, dificultaran las cosas.

Cuando me decidí y me disponía a salir, escuché ruidos cerca de la puerta. Me aseguré de tener la Glock a punto. Sabía que una de las peores cosas en situaciones de desastre era la comisión de actos delincuenciales, robos, asaltos, invasiones a la propiedad. Escuché una voz que provenía del exterior justo en el momento en que, después de tocar mi arma y sin quererlo, toqué el llavero circular que la madre de Kelly me entregó. Había olvidado devolverle las llaves y las tenía en el bolsillo de mi pantalón.

—Soy Alfred James, del cuerpo de bomberos. ¿Está todo bien allí abajo? —preguntó la voz al tiempo en que yo, sin quererlo, imaginaba el grabado en la cara del llavero, luego del contacto con él.

Imaginaba la figura del *Hombre de Vitruvio*, allí, muy cerca de mí. Y el estruendo de las monedas del sueño volvió a sonar en mi cabeza en un segundo. Era como si un enemigo poderoso estuviese muy cerca de mí, como si yo no lo hubiese podido prever, hasta que fue demasiado tarde.

8

DESPUÉS DE LA llegada de los bomberos, los vecinos volvieron a sus respectivos pisos.

El tornado no había pasado sobre nosotros. Continuó su destructor desplazamiento desde el sur de la ciudad cerca del parque, Idlewild, hasta el norte, hacia Park City.

Nadie se explicaba la ocurrencia de ese fenómeno. Tampoco la lluvia de granizo, las ráfagas de viento de más de ciento veintiséis kilómetros por hora, y el descenso tan intenso de la temperatura y de la presión atmosférica. Extensas zonas de la ciudad se encontraban sin electricidad y las fuertes ventiscas habían dejado estragos en todos lados. Ya comenzaban a nombrar al tornado como «Ghost Idlewild», justo por no haber sido visto por los radares, y también por el lugar en donde se avizoró por primera vez, el parque con ese nombre.

Al entregar el llavero a Susan Landosh —la madre de Kelly— me di cuenta de que lo que estaba grabado en él eran dos sirenas entrelazadas. Me dije que debía calmarme e intentar traducir el significado del sueño de mi abuela con más inteligencia de la que hasta entonces había demostrado.

Fui a mi piso, me bañé y me cambié de ropa. Miré mi reflejo en el espejo y me dije que de lo único que estaba convencida era de que, efectivamente, las cosas no serían igual que antes. Esa frase había aparecido en mi cabeza y también me la había recordado Ted Westerby. No sabía por qué había pensado en él varias veces. Era un hombre cuyo cerebro no funcionaba bien y a quien el miedo le había conducido a acusarme. En realidad, no la tomó conmigo en forma particular, sino con lo que él llamó «la violencia», «las armas»… Esa era una lectura común a los ojos de gente conservadora: la visión del castigo divino por lo mal que conducíamos el mundo.

Me dije, mientras miraba mi imagen en el espejo, que era normal que Ted Westerby en medio de la niebla que poblaba su cabeza, y que posiblemente se debiera a alguna enfermedad degenerativa del tejido cerebral, se sintiera vulnerable y viera enemigos en todas partes. Yo sabía que los verdaderos enemigos pertenecían a la oscuridad. Pero no podía relacionar lo del tornado y los fenómenos sucedidos en la ciudad con ellos. ¡Nada me conducía a establecer ese vínculo! Así que concluí que debía tener la cabeza fría y prepararme para las próximas horas, deslastrándome de las impresiones de mi sueño, y de lo sucedido en el sótano. Presentía que haría cosas que nunca antes había hecho en medio de una ciudad sumida en el caos y semidestruida. Yo no había sido antes testigo de algo igual y para enfrentarlo debía tener la cabeza despejada.

Mi móvil sonó en ese instante. Corrí hacia él. Era Anne.

—Hola, Alex. La situación es grave. Hay un operativo conjunto de emergencia y debemos apoyar a los bomberos y a Defensa Civil. Debemos estar en el Distrito Nueve cuanto antes. La calle está hecha un infierno. Hay muchos detenidos por robos y saqueos, y los policías de calle no son suficientes. Además, las emergencias están saturadas y todavía hay gente bajo los escombros en el corredor del tornado, en el área lineal que impactó.

—Claro, Anne. Estaré allí en quince minutos —respondí.

Corté la llamada.

Me dolía lo que había pasado en Wichita. Una lágrima cayó por mi mejilla. Una parte de mí se descubrió formando parte de algo que tal vez por evidente había olvidado. Yo era parte de la ciudad, y ahora un pedazo de mí también estaba herido. Ese, tal vez, sería el término plural al que mi abuela se refirió en el sueño. Uno que casi nunca se hace consciente, la pertenencia a la ciudad...

Salí de mi habitación y tomé las llaves del coche, que había dejado en el lugar de siempre: sobre un plato de cerámica junto a un pequeño mueble de madera cerca de la puerta. Entonces tuve una visión. Vi muchas ratas oscuras y húmedas —miles— corriendo y comiéndose a unos pájaros negros de picos rojos que habían caído al suelo. Ellos todavía estaban vivos mientras los devoraban y emitían unos sonidos desgarradores y parecidos al pitido que hacen las locomotoras de vapor. La visión desapareció. Sin darme cuenta, dejé caer las llaves del coche al suelo y vi su descenso, como en cámara lenta. ¿Cómo podría yo sentirme tan familiarizada con ese sonido de la locomoción de vapor si nunca las vi funcionando, si no he cumplido ni cuarenta años? Era como si presintiera que esta lucha, esta destrucción, fuese antigua, histórica. Como si el mal arcaico, el de siempre, estuviese mostrando de nuevo sus fauces. Y yo también fuera un ser con una consciencia inmortal, como si de alguna manera pudiera presentir lo que otras personas del pasado sintieron al enfrentarse a él.

Recogí las llaves del coche y entonces, al hacerlo, me di cuenta de que junto a ellas había una pluma de un ave. Era alargada y negrísima. ¿Cómo había llegado allí si en casa todas las ventanas estaban cerradas?

9

LLEGUÉ al Distrito Nueve lo más rápido que pude. Se trataba de un edificio de una planta que, en condiciones normales, debió ser bastante tranquilo. La edificación parecía nueva y, sobre todo, destinada a actividades administrativas. Ahora muchos uniformados entraban y salían de él, y todos actuaban con rapidez.

Me esperaban en una moderna oficina Anne, Juliet y la jefa Tonny. Esta última no llevaba el moño bajo de siempre. Estaba despeinada y parecía contar con más años encima.

Saludé y me senté en torno a la mesa que presidía la jefa después de cerrar la puerta del lugar.

—Falta Rossy, pero comenzaremos sin ella —dijo la jefa Tonny.

Luego comenzó a organizar nuestra colaboración con las fuerzas del orden y de salvamento. Supuse que aquella era una de las decenas de reuniones que sostendría ese día con grupos de trabajo que habría concebido para que el Departamento fuese más efectivo en la ayuda que brindaríamos. Me pareció acertado que los grupos fueran pequeños y que nos convocara a quienes estábamos allí. Había cierta afinidad entre nosotras y podíamos entendernos en momentos de crisis. Pero era cierto que faltaba Rossy. Tuve la intención de escribirle desde mi teléfono, pero no lo hice.

La jefa Tonny explicó que se habían establecido zonas de atención y que a nosotras nos correspondía la vigilancia y la participación en unas calles del área del Old Town, cerca del Departamento donde trabajamos, en la ribera derecha del río Arkansas, que dividía la ciudad en dos.

—El tornado dibujó una trayectoria paralela al río —explicó, señalando una línea recta en un mapa que había desplegado sobre la mesa.

Recordé esa sensación de amenaza que la noche anterior sentí y que relacioné como nunca con ese canal de agua, y el olor fétido que percibí por un segundo mientras caminaba por la avenida Waterman. También la escultura vertiginosa del indio de mi sueño. Me pregunté de qué servía tener visiones y sueños si no podía evitar la destrucción y la muerte.

Debí hacer un gesto que delató mis pensamientos.

—Alex, ¿te pasa algo? —me preguntó Anne.

—Estoy bien —respondí, parca.

En ese instante, alguien llamó a la puerta de la oficina. La jefa Tonny lo invitó a pasar. La puerta se abrió y un agente uniformado entró y caminó hacia ella. Le entregó un papel. No me gustó la expresión de su rostro. Nos miró alarmada por un instante.

—Comuníquenme con él —dijo después.

El agente salió con rapidez.

—¿Qué…? —comenzó a preguntar Anne.

La jefa levantó la mano en señal de que aguardara un poco. El agente volvió y le entregó un móvil.

Anne, Juliet y yo nos quedamos expectantes, mirándola. Instantes después le dijo a su interlocutor que esperara, que pusiera el altavoz. Lo hizo y acomodó el aparato sobre la mesa. El agente dio varios pasos hacia atrás y esperó.

—Soy Martín, el novio de Rossy. Ella… no lo sé. Salió de casa, porque… ¡Ahora debe estar muerta! Yo debí estar con ella, pero se suponía que debía quedarse en la mía, en mi piso. ¡No sé por qué no lo hizo! ¡No debía terminar así! He preguntado a la gente de Salvamento, pero no me han dicho nada…

Se le terminó quebrando la voz.

Entonces tomé el mapa que descansaba sobre la mesa. Busqué la calle Madison, en el barrio de Sunnyside. Era donde vivía Rossy. ¡Lo comprendí! Se situaba justo en el área devastada. Sentí un ardor agudo en la boca del estómago y un enorme peso sobre mi cabeza.

—¡Dios mío! ¡No puede ser! —exclamó Anne.

—¿Por qué…? —comenzó a decir Juliet, y luego calló.

—Martín, ahora mismo iremos al sitio y haremos todo lo posible por enterarnos y por informarle lo que ha sucedido con Rossy —dijo la jefa Tonny.

—Está bien… Ella no debió estar allí. Yo he intentado ayudar a buscarla, pero no me lo han permitido. ¡Es horrible! —exclamó y su voz se mezcló con un sonido metálico, como un tintineo.

Miré fijamente una taza de café que había sobre la mesa, junto al mapa. Antes no me había fijado en ella. El objeto mostraba el logo de la Policía. Noté que el agente de pie, cerca de la jefa, también estaba mirando la taza.

—Díganos, por favor, la dirección exacta de la residencia de Rossy García —dijo la jefa Tonny al tiempo en que tomaba el móvil y quitaba el modo de altavoz.

Inspiré profundo. Recordé a Rossy feliz, emocionada, la noche anterior. Yo tampoco podía creerlo.

Salimos del edificio de inmediato. Anne vino conmigo en mi coche y Juliet y la jefa subieron a otro vehículo.

En menos de diez minutos estuvimos en la dirección de la casa de Rossy, en el número 799 de la calle Madison. El lugar estaba lleno de escombros. Una sensación de impotencia se apoderó de mí. No sé por qué recordé el logo de la taza que acababa de ver en la oficina. Pensé que tal vez eso sucedía por la impotencia que me producía dedicar mi vida a la seguridad de las personas, y que un evento como este hiciera estallar esa seguridad por los aires. Además, sabía que a Anne le pasaba lo mismo, que estaba entre frustrada y aterrada.

El tornado parecía haberse dirigido hacia Rossy con ensañamiento. La fatalidad la había alcanzado... Apenas a unos metros de su casa, hecha escombros, estaba la vía pavimentada y, al lado, el bulevar George Washington, que lucía impoluto. Las casas allí, construidas a poca distancia de la de Rossy, no mostraban ningún signo de destrucción.

—Es horrible. Este margen, esta frontera entre la salvación y... —comenzó a decir Anne.

—La muerte —completé.

Asintió.

Nos estacionamos detrás de una ambulancia y nos bajamos del coche con rapidez. La calle en el área devastada estaba llena de rescatistas.

Cuando puse los pies en la vía, en medio de una extraña neblina o más bien calina que se había posado en ese lugar, tuve un presentimiento.

—Ella no está muerta. Rossy está viva —le dije a Anne casi sin pensarlo.

De inmediato, me di cuenta de que no debí hacerlo. Esperé su irremediable reacción de sorpresa o que me preguntara cómo diablos podía saberlo. Pero lo que hizo me dejó descolocada.

—Yo también lo creo así —respondió.

10

—No sé de dónde sacas tal afirmación, pero puedo decirte de dónde la saco yo. Me han enseñado a aferrarme a las esperanzas. Hasta que no vea su cadáver, no diré que está muerta.

La comprendí. En momentos así, la lógica de Anne era salvadora.

Caminamos entre los escombros de la casa de nuestra amiga. Varios hombres se nos acercaron, pero cuando mostramos nuestras identificaciones se detenían y retrocedían.

Aquello parecía un lugar bombardeado. Nunca había visto nada igual. Era como si un trágico y enorme rompecabezas de millones de piezas hubiese estallado. Pedazos de paredes, ropa, cristales, muebles, agua, barro, todo se mezclaba en formas amorfas. Era un amasijo de partes inconexas, una casa desmembrada que no podría volver a armarse.

—¡Rossy! —gritó Anne en un intento desesperado, agobiada por la escena.

Miré alrededor y entre los escombros.

La única forma de que Rossy se hubiese podido salvar era

que su casa contara con un sótano y que no hubiese estado durmiendo cuando el tornado pasó.

—¿Habías estado aquí antes? —le pregunté a Anne.

—Sí. En varias ocasiones.

—Yo solo la traje a casa un par de veces, pero nunca me bajé del coche —le dije.

Recordé, de pronto, la última vez que la llevé hasta allí. Fue como volver a verla, vestida como siempre de negro, caminando por el sendero que terminaba en la puerta principal de la casa, y de repente desviarse y acercarse a una ventana dispuesta al lado izquierdo para tocar el cristal. Detrás de él pude ver la silueta de un gato adulto. En ese momento, recordé que Rossy tenía una gata llamada Dorinda. Era de pelaje negro. Tenía su foto en la pantalla de su ordenador. Eso recordé.

—Rossy no maneja. No le gustan los coches. Yo también la traje varias veces a casa. Rossy apenas tiene veintisiete años… —dijo Anne, pero dejó la frase inconclusa.

En ese momento, llegó cerca de nosotras un perro pastor alemán. Detrás de él venía una chica de Salvamento. El animal olía entre los escombros.

Anne y yo nos quedamos mirándolo. Creo que las dos deseamos al mismo tiempo, y más que nada en el mundo, escuchar sus ladridos. Sabíamos que los animales entrenados en rescate ladran para anunciar que alguien vive.

«A menos que estuviese entrenado para detectar cadáveres», eso me dije, y me alarmé de mí misma, de mi pesimismo. Antes había tenido la seguridad de que Rossy vivía, pero ahora había desaparecido. Tenía que aprender de Anne. Había que mantener la esperanza hasta el final.

Miré la labor del animal. Su comportamiento. Rastreó el área que nos rodeaba como haciendo un círculo. Luego caminó y se detuvo junto a la chica.

Ella le dio dos palmadas en el cuello y luego se quedó mirando algo a lo lejos. Seguí su mirada y vi venir a una mujer que a todas luces era su jefa.

Era muy alta, atlética. Llevaba el pelo muy corto y de un tono clarísimo. Venía en dirección a nosotras. Se desplazaba con facilidad entre los escombros. A su lado caminaba un hombre cuya presencia se desdibujaba por completo. Detrás de ellos podía ver esa niebla oscura que se había apoderado del lugar.

En la medida en que se acercaba, pude verla mejor. Parecía una máquina. Sus movimientos, sus brazos. Estuve segura de que practicaba con frecuencia alguna actividad deportiva que tonificaba sus músculos. Era como una mujer de acero. La imaginé remando en el río, o en aguas más turbulentas y peligrosas. Eso lo hice porque el hombre que venía a su lado esquivó un área a su paso que lucía inestable. Se trataba de una superficie filosa, un escombro de gran tamaño. La mujer pasó sobre eso sin inmutarse. Era como si se concibiera invencible. Llegó hasta nosotras.

—Capitana Trudy Malick —dijo con una pronunciación clara.

—Detective Anne Ashton y detective Alexis Carter —respondió Anne.

—¿Han sido llamadas a colaborar en esta área? —preguntó.

—No. En esta casa vive nuestra compañera en el Departamento de Casos Complejos. Se llama Rossy García —respondí.

Ella pensó algo y no dijo nada. Me miró por unos segundos como pretendiendo hacerse una idea sobre mí.

—Lo lamento. He estudiado los planos de estas edificaciones. Aunque es posible que se encuentre con vida. La casa que estaba aquí y aquella —dijo señalando otra área en ruinas—

contaban con una habitación subterránea, pensada como depósito, supongo. Lo importante es que logremos llegar hasta ella. Por ahora no hemos encontrado nada en esta casa.

Sabía, por la entonación que había dado a sus últimas palabras, que en la otra casa sí lo habían hecho y el hallazgo no fue favorable. No lo dijo, pero intuí que sus residentes estaban muertos.

—Conozco el Departamento en el que trabajan. Tengo una buena amiga allí —completó Trudy Malick.

—¡Jefa! ¡Aquí hay algo! —gritó uno de los rescatistas, que se hallaba a unos seis metros de nosotras.

11

CORRIMOS HASTA EL LUGAR. Había un espacio entre dos escombros de gran tamaño. De allí salía una voz. Era la de Rossy.

—Es el área subterránea. Buen trabajo, chicos. Su amiga es afortunada —dijo Trudy Malick —. ¡Vengan todos aquí! ¡Hay que despejar esto! Necesito al perito designado, no podemos arriesgar su vida —dijo con determinación a parte del equipo de Salvamento que ya se había acercado.

Anne y yo nos hicimos a un lado. Aunque deseábamos ayudar, era cierto lo que había dicho Malick. Esperaba que Rossy no estuviese herida. Anne tocó su medalla. La que siempre lleva colgando de su cuello.

Miré alrededor. Ahora lo hacía con más objetividad. Fue cuando tomé consciencia de la cantidad de personas que allí se encontraban. A lo largo de toda la calle destruida. Además, los residentes del área no arrasada por el tornado se asomaban por las ventanas y puertas de sus casas a observar.

Las maniobras de remoción de escombros fueron más rápidas de lo esperado. En pocos minutos, sacaron a Rossy. La subieron a una camilla. Estaba consciente. Su pelo cortado al estilo bob y su cara estaban llenas de polvo, en realidad toda su piel y su ropa lo estaban. Mostraba una herida en la pierna. Estaba sangrando. También en el área abdominal. Las telas claras que llevaba puestas estaban rotas en esos lugares.

Nos acercamos a ella cuando ya estaba acostada en la camilla. Nos reconoció y sonrió. Tomó la mano de Anne y la apretó. Luego me miró y volvió a sonreír. Sus ojos brillaban más que nunca.

Uno de los paramédicos nos dio un diagnóstico para tranquilizarnos.

—Se pondrá bien. Costillas fracturadas, aparentemente, sin perforación de órganos vitales. Fractura múltiple de la tibia. Es una chica con suerte.

—Gracias —le respondí.

El hombre asintió. Me detuve un poco en él, lo noté cansado pero motivado, volcado a su trabajo, se sentía poderoso. Salvaba gente y eso quiso desde niño.

—¿Cuál es tu nombre? —le pregunté, acompañando su paso rápido junto a la camilla.

—Philip —respondió apurado.

—¿Han salvado a otra persona en esta zona? —continué.

—No. Ella es la primera sobreviviente que hemos encontrado. Acabamos de sacar los cadáveres de la familia Robson —me respondió y comenzó a caminar con mayor velocidad.

—¡Dios mío! —exclamó Anne.

Las dos nos detuvimos.

Dijo «la familia». Pensé en niños. Y por ello recordé el sueño con Sarah, su miedo.

Vimos como se llevaban a Rossy en la ambulancia.

De repente me sentí sedienta, hambrienta y cansada. Anne se puso en cuclillas y bajó la cabeza. Nos estaba pasando. La presión, la adrenalina cedía y quedaba el cansancio de nuestros músculos, de nuestra mente. Aunque no lo reconociéramos, esperábamos ver el cuerpo sin vida de Rossy. Anne tocó algo en la superficie del suelo. Era un cascabel. Recordé a Dorinda.

Ante mis pies, junto a mi zapato derecho, vi una gorra de los Kansas City Royals. Supuse que era un objeto que debía estar dentro de la casa de Rossy, aunque también pudo haber volado hasta allí desde alguna casa vecina. Definitivamente, había algo que no me cuadraba al pensar que eso perteneciera a nuestra compañera.

—Jamás pensé que Rossy fuese aficionada al béisbol... —comenté sin dejar de mirar la gorra.

—¿De qué estás hablando? —me preguntó Anne, incorporándose.

Notó que yo miraba hacia abajo, a mis pies, y ella también miró. Tomó el cascabel, volvió a ponerse de pie y lo guardó en su bolsillo. Volvió a mirar hacia mis pies. Entonces me di cuenta de su asombro. Ella no veía nada. ¡La gorra que yo estaba viendo con total claridad no estaba allí en realidad!

12

—No es nada —le respondí.

Cerré los ojos un momento y, al abrirlos, constaté el espacio vacío. Efectivamente, no había nada junto a mi zapato.

¿Por qué vería la gorra de los Kansas City Royals?

Esa pregunta me la hice en silencio.

—Quien era fanático del equipo de béisbol era Ender. Eso ya lo sabes. No se quitaba la gorra de los Royals creo que ni para dormir.

Era cierto. Ender, quien antes ocupaba el puesto de Rossy en el Subdepartamento de Investigación Informática, siempre se presentó en la oficina con esa gorra de los Royals, con la misma que acababa de ver en ese momento en mi cabeza, pero de una forma muy real. De verdad hubiese jurado que estaba allí…

Me alarmó pensar que empezara a ver cosas imaginarias de manera tan real. Hasta ese momento creía saber distinguir cuando algo era una visión y cuando no lo era.

—Tienes razón. Ender era fanático —alcancé a decir.

De repente, recordé cuando conocí a Anne, aquella noche en extremo calurosa del 4 de Julio, en el paseo del río Arkansas. Aquella noche Anne le salvó la vida a una niña que se había atragantado con un trozo de comida. La vi actuar veloz, decidida. No sabía que al día siguiente me la presentarían como mi compañera de trabajo. En ese momento, no me sentía nerviosa junto al río. Lo que me produce él ha venido sucediendo después, con el paso de los meses. Esa misma noche también soñé con un hombre que llevaba puesta la gorra de los Royals.

¿Qué diablos me pasaba con esa bendita gorra?

Además, aquel día me topé con otra persona que llevaba el mismo accesorio entre las manos. Se trataba de Logan Callen, un expaciente que traté en Topeka. Trabajaba como controlador aéreo y era un hombre muy inteligente, pero con una mínima sociabilidad. Estaba obsesionado con su vecina al punto que creía que entre ellos dos existía una relación amorosa. Era erotomaníaco.

¿Había sido Anne quien había dicho en el bar que las cosas volvían a repetirse?

Me estaba pareciendo que eso era lo que me sucedía en ese momento. Como ocurrió con aquel sueño que tuve el 4 de Julio, como si el hombre maligno que me seguía con la gorra del equipo de béisbol local hubiese vuelto a aparecer, pero no en un sueño ni en una visión normal de las que solía tener, sino en una muy vívida que me había dejado confusa.

—Deberíamos ir a la zona del Old Town. Nos desviamos por lo de Rossy, pero ya sabemos que estará bien —sugirió Anne.

—Tienes razón. Nos hemos retrasado —respondí.

Fue cuando me di cuenta de que Juliet y la jefa Tonny no habían llegado, y eso era extraño.

Se suponía que habían partido del Departamento del

Distrito Nueve al mismo tiempo que nosotras y que llevaban nuestro mismo destino.

13

—¿Dónde están Juliet y la jefa? —pregunté a Anne.

—Me han enviado un mensaje. En el camino se han detenido porque un árbol cedió y cayó sobre el coche que iba delante de ellas. Están a salvo, pero han participado en el rescate del hombre que iba delante y por eso no han llegado aquí. Ya les he respondido y les he dado la buena noticia de que Rossy está bien. Lo he hecho mientras tú hablabas con el paramédico. Nos veremos con ellas en Old Town.

Me invadieron unas repentinas ganas de quedarme en ese lugar, en esa calle. Era como si algo dentro de mí me pidiera que lo hiciera.

—Adelántate tú. Llévate mi coche. Tengo algo que hacer antes. Te veo en una hora a lo sumo —le propuse a mi compañera.

Anne no me preguntó la razón de mi propuesta y me extendió la mano para que le entregara las llaves. Lo hice. La vi irse.

Llegué andando hasta la vía y caminé sin rumbo. A un lado, miraba la destrucción, y al otro, las casas en pie.

Sentía las miradas de las personas. Todos en las puertas de sus casas. Presentí desconfianza, miedo. Tal como me sucedió en el sótano del edificio. Tomé el móvil y leí las noticias más recientes sin dejar de caminar.

Había mayor caos en la ciudad. En la red me topé con una entrevista de un programa de televisión con el pastor King. Ahora pretendía dar un mensaje de aliento; me pareció que soterradamente establecía diferencias entre quienes habían muerto y quienes continuaban con vida. Casi decía que los pecadores habían sucumbido. No me gustaba ese mensaje moral, divisorio. Tuve por primera vez la sensación de que lo peor no había sido el tornado, sino lo que comenzaría a suceder a raíz de su paso. Como si las mentes de muchos hubiesen quedado tocadas, contaminadas. No sé por qué se me ocurrió eso. Puede que por la imagen de las ratas devoradoras que había visto al tocar mis llaves.

Me hallaba sola en ese momento, y fue como si la niebla que antes había estado rodeándome ahora me hubiese alcanzado. No vi las casas, ni a los del equipo de Salvamento al voltear. Un frío invernal me atacó y me llegó a los huesos de la cara, de los hombros. Sentí los labios agrietados y los dedos de las manos me dolían. Un ruido como el rugir de una bestia gigante se metió en mi cabeza. Pasó en segundos, tal vez tres o cuatro, y después todo quedó en silencio. Me quedó una sensación de cansancio en los brazos, sobre todo en los hombros. En el izquierdo más que nada.

Fue cuando me di cuenta de que nadie en mi rápido sondeo de las noticias había mencionado la niebla que yo estaba viendo.

¿Sería que también era resultado de mi imaginación?

Fue la primera vez que dudé seriamente de mis percepciones. Cerré los ojos un momento y me dije que no podía ponerme en tela de juicio a mí misma, de esa forma. En ese momento, sentí una mano helada posarse sobre mi brazo.

14

Una mujer estaba junto a mí. Me miraba. Uno de sus iris era marrón y el otro verde. Ella era la que me había tocado con la mano.

Al principio me asustó, me quedé mirando fijamente por unos segundos sus ojos de diferentes colores, esta característica me evocaba a alguien de mi niñez. La recordaba entre sombras y evocaciones muy vagas. Por la zona en que estábamos, y aunque parezca una increíble casualidad, tenía que ser ella, la amiga de mi abuela Denisse. Se llamaba... ¡Wendy!, ¡eso era! La había olvidado por completo, pero al verla comencé a recordar. Su nombre me gustaba, como el de la amiga de Peter Pan. Yo tendría cinco años o algo así la última vez que la vi. No era común encontrar a alguien con heterocromía de iris completa, con los ojos de colores tan diferentes. Además, eran las mismas facciones que comencé a recordar con más nitidez; su nariz de forma aguileña pero pequeña, el pico de la viuda en la frente, su cara alargada y las cejas muy finas. Fue como volver a verla de repente joven y, al instante siguiente, vieja.

—¿Wendy…? —pregunté y escuché mi voz diferente, como si hablara la niña que fui y el tiempo hubiese vuelto atrás.

Ella apartó su mano de mi brazo.

—¡Niña! ¡Pero si eres tú! La Alexandrina de Denisse…

Así me llamaba mi abuela casi siempre.

Millones de imágenes vinieron a mi cabeza de golpe: la casa, las tazas de café y esta mujer sentada junto a mi abuela. Ambas riendo. Después unas sombras y sus caras de preocupación. Mi abuela lloraba. Luego algo cambió, mi madre muerta y mi padre ausente… las cosas malas, y mi convicción de que lo bueno había sido corto. Lo mejor de mi vida, junto a mi abuela Denisse, había llegado a su fin. Era como si ahora ella quisiera estar de nuevo conmigo, primero en el sueño alertándome algo y ahora de la mano de su amiga Wendy.

—¡Es milagroso que me recuerdes! Eras muy pequeña —dijo. Hizo una breve pausa y continuó —. Claro, es por mis ojos… me hacen inolvidable. Pero yo misma «me olvido» de ellos… —dijo divertida, empleando ese juego de palabras. Recordé que le gustaba hacer eso, decir trabalenguas y hacer juegos con las palabras. Había estudiado Literatura, o algo así. Mi abuela leía libros que ella le obsequiaba y algunas veces eso me entristecía porque al hacerlo no me dedicaba atención a mí. Se quedaba horas absorta con los libros en sus manos.

Sentí algo a mis pies. Una caricia, un roce de algo muy suave. Miré hacia abajo. Era Dorinda. La gata negra como la noche. Me miró y maulló como contándome algo.

—Esto ha sido malo. Muy malo. Nunca había pasado algo así —dijo con voz grave. Después cambió su entonación —. Es la gata de mi vecina, de la joven Rossy. Una buena chica.

Dorinda dio una vuelta en torno a mí.

—Pero las cosas malas traen a las buenas. Es grato haberte encontrado —me dijo Wendy.

—También lo es para mí. Me recuerdas tanto a mi abuela Denisse… —le respondí.

—Lo sé —dijo. Lo hizo con emoción. Lo noté porque endureció un poco el rostro, como si ella también la extrañara.

—Pasa a tomar un café en casa y a comerte una tarta de manzana cuando puedas. Me gustaría ayudar en algo, si es posible. Dile a la chica, a Rossy, que su gata está bien. Sé que es de ella. En cuanto mejore, puede venir a buscarla. Si necesita cobijo ahora que su casa ha quedado destruida, puede quedarse conmigo —exclamó.

Asentí.

—Cuídate mucho, Alexis —me dijo y sonrió. Se dio la vuelta y se perdió entre la niebla. Dorinda se fue tras ella.

Entonces recordé que cuando era niña, alguna vez, me pareció una especie de bruja, y creo que el día que la conocí sentí mucho miedo.

Terminé de recorrer la calle y luego me di la vuelta. Me había quedado pensando en la casualidad de haber encontrado a Wendy, la vieja amiga de mi abuela. ¿Podría recordar su apellido? No lo creía. Tal vez nunca lo conocí. De repente, tuve el ligero recuerdo de que ella había muerto. Era como si en algún momento mi abuela hubiese dicho algo de eso en casa, en la cocina, junto al fuego.

La niebla comenzó a disiparse y ya no sentía frío. Estaba tan absorta en mis pensamientos que ni siquiera había escuchado los pasos detrás de mí. Tarde me di cuenta de que alguien me había seguido y se hallaba muy cerca, a mis espaldas.

—Alexis… —me dijo esa voz que yo conocía, y que no pensé volver a escuchar entonces.

—CREÍA QUE TE HABÍAS IDO, Anne —le respondí.

—Lo había hecho, pero recibí una llamada de la jefa Tonny y regresé. Necesitaban hallar a la capitana Trudy Malick y ella no respondía el móvil. La necesitaban en el Comando Integrado de Operaciones de Salvamento. Parece que Malick es más importante de lo que pensamos en esta crisis y... ¿pero qué haces tú aquí?

Estuve a punto de decirle que ni yo misma lo sabía.

—Nada. Ya volvía.

Las dos caminamos en dirección a donde había estado en pie la casa de Rossy. Suponía que Anne había estacionado el coche cerca del mismo lugar donde lo hice yo primero. Cuando pasamos por el sitio en donde había encontrado a Wendy, me detuve un segundo. Luego continué caminando. Entonces pude ver la casa que supuse era la de ella. Su fachada era blanca y los bordes de las ventanas, color azul marino. Parecía una construcción griega. Tenía jardineras a ambos lados de la entrada, repletas de pequeñas flores moradas. También pude ver las casas vecinas, a ambos lados de esa.

Antes no había podido hacerlo porque la densa niebla no me lo permitió.

—Anne, ¿tienes alguna explicación para esta niebla repentina que ha cubierto parte de la ciudad?

Reconozco que hice la pregunta con cierto temor. Esperaba que me preguntara de qué niebla estaba hablando.

—Ninguna. Creo que es como una especie de nube de polvo que ha quedado suspendida por el frío horrendo que hace y, además, mezclada con esa arena rojiza que lo ha cubierto todo. No lo sé. Como un efecto anticiclón, o algo así. Lo más horrible es que ahora toda la ciudad está revestida de eso. Es como si Wichita estuviese cubierta de un manto de sangre —afirmó.

Sentí alivio por su respuesta. No eran imaginaciones mías.

Vi que Anne sacó una botellita de agua de uno de sus bolsillos y me la ofreció.

La tomé y le agradecí.

Bebí. Me supo a gloria. Continuamos caminando un par de pasos en silencio. De repente, Anne lo rompió y se detuvo.

—Algo no está bien allí —exclamó, mirando hacia una casa ubicada a la derecha de la que para mí era la residencia de Wendy.

Me quedé observando con atención al lugar para ver si comprendía a qué se refería.

—La ventana de esa casa está abierta y hace un frío que pela. ¿Quién tendría las ventanas abiertas? Además de que entraría el polvo rojo que se ha levantado. Por otro lado, mira la puerta. Está rodeada de objetos que han volado hasta allí y nadie los ha apartado.

—Puede que esté deshabitada —afirmé.

Ella lo consideró, pero aun así se dirigió hacia allá y yo la seguí.

16

Cuando estuve a dos metros de un breve escalón que daba paso al jardín frontal de la casa, presentí la maldad. Anne tenía razón. Sucedía algo extraño. Algunos objetos levantados y transportados por el tornado obstaculizaban la puerta. Uno de los pequeños cristales que componía un adorno en la parte superior de la puerta, con forma de estrecha medialuna, había estallado. Sus pedazos estaban abajo, en el suelo junto a los otros objetos.

Miré la ventana que desde la vía había llamado la atención de Anne. Una de sus hojas estaba abierta y una maceta con unas flores blancas se encontraba frente a la otra hoja, que permanecía cerrada.

Nos acercamos hasta allí. Toqué la tierra de la maceta. Estaba húmeda. Alguien había vertido agua sobre ella hacía poco tiempo.

Mientras, Anne se asomó por la hoja abierta. Sus ojos se agrandaron e instintivamente tocó su arma en el cinto. Yo también lo hice. Desde ese momento, comenzamos a actuar como si hubiese una amenaza dentro de la casa. Anne no hubiese tomado esa actitud si no hubiese sido grave lo que vio adentro. Con la mano izquierda, me hizo la seña de que bajara un poco la cabeza, y ella hizo lo mismo. Nos mantuvimos bajo la ventana un par de segundos. Luego me dijo en voz muy baja:

—Hay mucha sangre en el suelo.

Asentí.

—Busquemos la parte trasera. Si alguien salió o entró, lo hizo por allí. Aquí la puerta no parece haber sido abierta luego del tornado. A menos que lo que pasó haya sucedido antes —razoné.

—Buena idea —me dijo, veloz.

Dimos la vuelta a la casa con precaución de no hacer ruido. Detrás encontramos una puerta entreabierta. La parte posterior de la casa daba a un área sin construcciones, llena de árboles que conectaba a varios metros de distancia (al menos veinte) con otra vía. Aquello constituía una buena vía de escape.

Terminé de abrir la puerta con la palma de la mano. Cuando lo hice, un pájaro negro con pico rojo y un ojo brillante apareció en mi cabeza. Solo podía ver uno de sus ojos porque en la imagen estaba de perfil, muy cerca. Sabía que me estaba mirando. La imagen desapareció al segundo siguiente.

Avancé dentro de la casa. Llevaba la Glock en la mano derecha y Anne me seguía con la suya, dispuesta a cubrirme y a disparar cuando fuera preciso. Caminamos por una cocina, en donde no había signos de violencia, pero una emanación ferrosa se hizo perceptible de repente. Era el olor de la sangre que Anne había visto.

Se me ocurrió que alguien hubiese resultado herido por encontrarse dentro del área de acción del tornado y que se hubiese ido a resguardar allí. Eso no lo había pensado antes, sino que de una vez consideré que se había cometido un crimen. Anne también había creído esto último. Estaba segura. Pero hasta ese momento no veíamos nada fuera de lugar.

Continuamos y llegamos a la sala de la casa. En efecto, toda la superficie del suelo estaba llena de sangre. Brillaba y era mucha cantidad. A quien perteneciera, debía estar muerto, me dije. No queríamos pisarla. Podríamos resbalarnos y, al hacerlo, producir ruido y alertar al asesino. Pero no había manera de continuar si no pasábamos sobre ella.

Con cuidado, dimos varios pasos al interior de la sala. Nos dirigimos a una entrada que conducía a un breve corredor. Allí nos separamos. Anne tomó a la izquierda, hacia una habitación cuya puerta estaba entreabierta. Yo hice lo propio: tomé hacia una puerta que se hallaba un poco más lejos. Resultó ser un baño. Lo supe porque lo primero que vi frente a mí fueron los azulejos en la pared, y luego un espejo y un lavamanos debajo de él.

Llevaba la Glock, apuntaba, daba la vuelta, y entonces la vi.

17

Una mujer desnuda en la bañera, muerta. Sus ojos estaban abiertos.

Avancé. No había nadie más. Solo el cadáver y yo. No avisé a Anne porque si el asesino aún estaba en casa, debíamos sorprenderlo, y no podía arriesgarme a que me oyera.

Alguien había cortado las arterias ilíaca externa y femoral en ambas piernas de la mujer. La sangre en el suelo era de ella. Ahora parecía no tener ni una sola gota de sangre dentro del cuerpo.

Junto a la bañera vi un arma blanca, un puñal con una empuñadura dorada y una serpiente grabada. Era un puñal singular o una daga pequeña.

Miré hacia el lado de la bañera donde descansaban los pies del cadáver. Entonces leí una frase sobre los azulejos, que mostraban unos dibujos de flores celestes dentro de un jarrón. Las palabras estaban escritas con sangre.

«Ya está hecho», decía.

Sentí la tentación de tocar el cadáver. Su mano derecha

sobresalía del borde de la bañera. Estaba allí como invitándome a rozarla. Pero decidí cubrir a Anne. No sabía si el asesino aún estaba en la casa. No lo creía, pero debía cerciorarme. Si me distraía con el cuerpo, podía perder segundos claves para la protección de Anne. Ahora mismo podría estar en peligro. Me dije que en una sala de autopsias podría luego tocar a la mujer. Así que volví sobre mis pasos y salí del baño.

Vi venir a Anne a mi encuentro. Nos juntamos en el medio del corredor.

—Aquí no hay nadie. Dos habitaciones, la sala y la cocina. Todo vacío…

—En el baño hay un cadáver —la interrumpí.

Fuimos hasta allí. Anne exclamó algo al verlo apenas cruzó la puerta. Pero lo hizo al mismo tiempo en que yo también hablaba.

—Esto no me gusta nada —confesé. Presentía la obra de la oscuridad. Ese mensaje, el hecho de que la sangre de la víctima estuviese en la sala y que ella, desangrada, estuviese desnuda en la bañera; que el asesino se hubiese dado a la tarea de hacer todo eso… ¿Para qué? ¿Por qué dejarla sin sangre? ¿Y ese puñal, qué significaba para él?

—Ha dejado el arma. No es usual. También nos ha dejado un mensaje el muy cabrón… —murmuró Anne.

—Hay que llamar a la jefa. Este caso será nuestro y no podemos perder tiempo —la interrumpí.

—Sí. Tienes razón. Este crimen está lleno de símbolos, parece una práctica de una secta. Nadie más podrá encargarse. Para horrores como este creamos el Departamento. ¿Por qué un maldito tornado no mata solo a los bastardos que hacen cosas como estas, sino que se lleva consigo familias enteras?

—Los buenos y los malos, justos por pecadores… —exclamé.

Anne se quedó callada unos segundos.

—Puede que alguien aprovechara el descontrol en la ciudad para dar rienda suelta a sus patologías. O que para él sea una especie de purga, de locura desenfrenada… —dijo.

—¿Qué crees que signifique esa frase? —dije, señalándola. Ya nos hallábamos las dos muy cerca de la bañera y del cadáver.

—Invirtió mucha energía y se tomó bastantes molestias para desangrar el cadáver en el piso de la sala y traerla hasta acá. Contó con tiempo. Esta mujer debía vivir sola. Creo que, a menos que sea una venganza personal que todavía no podemos descifrar, esa frase significa que hay algo más grande detrás. Quiero decir, que no escribió un mensaje relativo a esta pobre mujer: algo como «perra», «te lo merecías», «por lo que hiciste…», sino «ya está hecho». ¿Qué está hecho? ¿A quién le dices que algo «ya está hecho»?

—A un jefe…, a alguien que te ha encargado hacer algo —respondí.

18

—Así es —consintió Anne.

—O a un público —completé—. Lo cierto es que se dirige a un tercero, a nosotros, a quien encuentre la escena del crimen, a la prensa, a las autoridades, a la ciudad... De todas formas, debemos estudiar el pasado de esta mujer —añadí.

—Tendremos tiempo de hacerlo. Ahora hay que preservar la escena y hablar con la jefa —afirmó Anne.

Eso hicimos. Tal como previmos, el caso nos fue asignado. Levantaron el cadáver. Se llevaron el arma, tomaron fotografías de la sala, de la entrada, del baño. Recogieron todos los indicios posibles y buscaron huellas por todas partes. No se encontró nada importante a simple vista. Debíamos esperar el resultado de la autopsia que haría Lilian y del resto de los análisis.

Anne y yo estuvimos en la casa mientras el equipo forense trabajaba. Luego Anne fue al Departamento y le dije que yo me quedaría un poco más. Quería intentar obtener alguna imagen, alguna visión de lo que allí había sucedido. Deambulé por la sala, la cocina, el patio. No experimenté nada. Hubo un momento en el que logré quedarme sola en la habitación de la víctima. Ya sabíamos que se llamaba Inger Braun, que tenía cincuenta y tres años, era viuda, vivía sola, y trabajaba como sonografista en un consultorio privado en el barrio de Delano, al margen izquierdo del río Arkansas.

Quería conocer más aspectos de su vida. Tal como hacia el agente veterano Hans Freeman del FBI. Había escrito varios manuales para investigadores criminales. Uno de ellos se llamaba *Imaginación criminológica*, y aunque creía poco en la intuición, me parecían excepcionales. Para él, las habitaciones de las víctimas siempre nos decían cosas si sabíamos mirar bien. Además, yo contaba con mi capacidad, que podía hacerme ver cosas útiles, aunque la mayoría de las cosas fuesen confusas y, al inicio, indescifrables.

Miré a todos lados en ese cuarto, buscando alguna pista que me hablara de la personalidad de Inger Braun. Era una mujer ordenada, algo romántica, conservadora. El edredón de su cama era blanco, así como las fundas, y las sábanas, sin adornos. La mesita de noche estaba cubierta con un mantelito de encaje de factura manual y antigua, y sobre ella descansaba un reproductor de DVD y la caja de una película en ese formato. *Breve encuentro*. Sobre el tocador había pocos objetos: una botellita de perfume, una crema de manos que mostraba a una flor de naranjo, una pinza de cejas y un espejo floreado en tonos pasteles. También una foto enmarcada en un portarretrato plateado. Toqué todas las superficies que pude en ese lugar: la cama, las ropas, la pared, el tocador. Mi mente estaba en blanco.

Me acerqué a la fotografía y puse mi mano sobre ella. En mi cabeza no surgió nada. Me fijé mejor en lo que mostraba. Se veían dos niños pequeños; una niña alta y un niño. No supe por qué me pareció que los había visto antes. O puede que hubiese visto a alguien que hubiese crecido ya y que de pequeño estuviese retratado allí. Era como si reconociera algo parcial en esa foto, pero ese algo hubiese variado, evolucionado. Me dejó confusa aquella imagen y al tacto no me decía nada. Mi capacidad parecía haberse anulado. Pensé que no podía ser que estando tan cerca del lugar donde una mujer murió asesinada y desangrada no sintiera nada.

Tomé una foto con mi móvil a la fotografía y varias más a la habitación. Salí de allí, pensando que una mujer así, como me la imaginaba, difícilmente se involucraría con alguien peligroso. Consideré que no había conocido al asesino y no se me ocurrió una razón por la que él o ella la escogiera como víctima. Me dije que tal vez había sido porque estaba sola en casa.

Me resigné a que por el momento no iba a percibir ninguna cosa y me concentré en un tipo de análisis como el que proponía el agente del FBI Hans Freeman; pensar en la víctima, pensar en la víctima…

Entonces, me llamó la atención algo de su vida que podría ser un hallazgo.

¿Por qué no hay nada en casa sobre su difunto marido? Ni una foto. Se supone que Inger Braun era viuda y, por lo que había visto, me parecía una mujer con alguna dosis de romanticismo. ¿No había querido a su marido? ¿Prefirió borrarlo de su vida?

Tomé mi móvil una vez que salí de la casa. Sin pensar, pulsé un número y luego corté la llamada.

Necesitaba a Rossy…

19

NADIE COMO ELLA para ofrecer toda la información registrada del pasado de las víctimas. Además, tenía la cabeza despejada y siempre intuía por cuál camino tomar para obtener más y más información relevante.

Caminé unos pasos hacia la avenida Waterman. Me seguía preguntando por qué Inger no mostraba nada sobre su matrimonio en su hábitat más íntimo. Además, esa película en su mesa de noche... *Breve encuentro,* ¿por qué me parecía reveladora?

Caminé hacia el coche. Entonces, cuando estaba a punto de subir en él, alguien me llamó. Volteé y vi venir a un chico. Era de estatura media, de unos veintiocho o treinta años, calculé. Apuró su paso.

—¿Eres Alexis? —preguntó con algo de vergüenza y manteniéndose a una cierta distancia de mí.

—Sí.

—Perdona que te interrumpa. Soy Martín Brody, el novio de Rossy.

—¿Ha pasado algo más? —pregunté algo alarmada.

En ese momento, saltó una alarma en mi cabeza. El «ustedes» de mi abuela significó otra cosa: como si la oscuridad pudiese venir por las personas que yo más apreciaba, y Rossy era una de ellas. No sabía por qué no había pensado en eso antes después de lo que pasó con Devin, mi novio. Después de haber vuelto a ver esas monedas del *Hombre de Vitruvio*, como la que él tenía en el vientre cuando encontraron su cuerpo.

—No. Todo está bien con ella en cuanto a sus heridas. Es que me ha rogado que venga a casa a buscar a Dorinda, su gata. Está desesperada por saber algo de ella. No se perdona no haber pensado en su gatita antes. Le he dicho que es normal, que en un momento así uno se trastorna, pero no escucha razones y yo no sé qué hacer. Ella confía mucho en usted y en Anne Ashton. Me dije que tal vez alguna de las dos podría, si les fuera posible, visitarla y hacerle ver que lo que pasó no es culpa de ella. Le prometí venir aquí, pero sé que no encontraré a su gata. Su esperanza es que no haya estado en casa al momento del derrumbe. De vez en cuando, Dorinda salía a pasear. Hay que convencer a Rossy de que ya su gata no está.

—No es necesario. Dorinda está bien. Se encuentra con una vecina del área que no ha sido afectada. Yo misma la he visto, y está sana y salva. Pero sí que iré a ver a Rossy. Me alegra mucho saber que está bien y de verdad nos encantaría que volviese a trabajar lo antes posible. No hay nadie como ella en su trabajo —reconocí.

—Sí. Es increíble —dijo él y se quedó mirando al vacío con una expresión agradable, como si recordara un momento mágico entre ellos. Me dije que debían llevarse bien. Martín se veía preocupado por Rossy.

Entonces me fijé un poco más en él. Era un hombre atractivo, en su estilo. Llevaba lentes de montura y el pelo corto, crespo. Usaba una chaqueta que se veía costosa pero gastada.

En su muñeca derecha vi una pulsera de hilos, y en su mano izquierda, un anillo de ónix. Enseguida, pensé que se lo había regalado Rossy. Ella tenía un pendiente igual. En el conjunto que él representaba, el anillo delataba la intromisión de alguien más; era como si fuese el indicio de que otra persona que él quería le había obsequiado algo que nunca hubiese comprado, y que lo lucía solo por eso. Eso me hizo recordar la foto. La repasé en mi cabeza. Eran simplemente dos niños de unos seis o siete años. Ella muy blanca y vestida con ropa clara. Él con traje y pelo oscuros. La niña llevaba un ramito de flores en las manos. Parecían estar en una celebración familiar importante debido a sus ropas. Detrás había un rosal y una enredadera. Lo que me pasaba con la fotografía era que intuía que algo en ella no estaba bien, que era discordante, pero era incapaz de saber qué. El encuentro con el novio de Rossy me hizo darme cuenta de ello. Al menos era un avance; ahora sabía que debía buscar un detalle discordante.

—Detective Carter, Rossy se pondrá muy contenta al saber que Dorinda está bien. Ha perdido el móvil, como todo lo demás, dentro de casa, pero ahora mismo me iré al hospital para darle la buena noticia —dijo.

Luego me agradeció y se fue por el mismo camino por el que vino.

En ese momento, Anne me llamó.

—Tenemos un problema, Alexis. Parece que la frase en la escena de Braun ha aparecido en otro lado también. Esto no me gusta nada…

20

—¿A qué te refieres, Anne? —pregunté.

—A que dice Ender que en la 70.ª Academia de Entrenamiento de Vuelo, en Wichita, ha sucedido un evento y en una
de las paredes internas de esa edificación ha aparecido escrita
esa misma sentencia. Me refiero al lugar donde se enfermaron
los pilotos, la que todo el mundo conoce como la Escuela de
Adiestramiento de Aviadores.

Sabía a lo que Anne se refería. Había visto la noticia y en
la noche estuvimos hablando de ello, y de Alfred Price. Lo que
no entendía era qué tenía que ver Ender, nuestro anterior
analista de información de redes, en eso.

—¿Cómo Ender…? —comencé a preguntar.

—Ender y yo hemos mantenido contacto últimamente.

Eso dijo Anne y luego hizo una pausa.

En ese momento, recordé la gorra que vi, la que me
pareció tan real, junto a mis pies, en las ruinas de la casa de
Rossy.

—Ender sabe lo sucedido en la Academia porque alguien
puso la foto del muro con la frase en la web, pero no en un

lugar público, sino en uno muy especializado, de esos que gusta a los *hackers* más aventajados. La página se llama «Esto es el fin del mundo». Además, han mostrado fotos de escombros de casas destruidas, de pájaros muertos, del río Arkansas teñido de rojo, supongo que por el polvo desértico este que nos ha caído encima, y unas cuantas cosas más. Debe ser un grupo que tiene ínfulas de profético. Lo extraño es que en la Academia escribieran la misma frase que encontramos en la escena del crimen. ¿No te parece? Ender cree que lo del virus de los pilotos ha sido un atentado.

—¿Él sabe que con la sangre de la víctima escribieron las mismas palabras? —pregunté, intentando que Anne no notara mi malestar. No me parecía bien que estuviese hablando con Ender, quien ya no trabajaba con nosotras, y quien había salido del Departamento de forma poco honrosa, mucho menos de detalles de una información de asesinato.

—No. No he comentado nada con él, si es lo que te preocupa. No estoy loca. Solo me ha llamado y me ha dicho lo que te he contado.

Comprendí que el instinto maternal de Anne era sólido, enorme. Se trasladaba hasta una persona como Ender, solitario y con problemas de sociabilidad. Intenté apartar el tema de Ender como amigo de Anne y me concentré en lo que decía de él como as de las redes. ¿Había sido lo de la Academia un atentado relacionado con el asesinato de Inger Braun? ¿El asesino o los asesinos tendrían que ver con la página web que él había navegado? Si era así, lo que Ender sabía podría sernos útil aunque él no me generara confianza.

—¿Crees que Ender pueda poner al tanto a Rossy de lo que ha descubierto? —le pregunté.

En ese momento, sentí un escozor en mi hombro izquierdo. También los labios resecos otra vez. Me pareció que la nariz comenzaría a sangrarme, ya que un olor a sangre me invadió y experimenté una sensación de pesadez dentro de ambas fosas nasales.

—No veo ningún problema. Cuando llegue a casa, le diré… —contestó. De inmediato, se dio cuenta de que había revelado que Ender «estaría en su casa» y se quedó callada.

Lo comprendí. Ender vivía en casa de Anne. ¿Qué significaba eso?

La sensación de que el enemigo estaba muy cerca, la misma que tuve al sentir el llavero de la casa de Kelly en mi bolsillo, me atacó esta vez con más fuerza.

21

TERMINÉ la conversación con Anne y salí de la avenida Waterman con mi coche. La sensación en mi nariz disminuyó casi al punto de desaparecer y también el ardor en el hombro. Lo único que no cedía era la sed.

Las horas siguientes fueron de mucho trabajo. Antes de dedicarnos de lleno al caso del asesinato de Braun, participamos de la vigilancia, apoyo y resguardo del orden en el área que la jefa Tonny nos había asignado.

Wichita estaba convertida en una verdadera locura. Algunas de las personas que no se vieron afectadas directamente por los fenómenos ocurridos habían desarrollado un comportamiento anómico, antisocial. Los anaqueles de los supermercados estaban vaciándose por las compras compulsivas, con el agravante de que algunas vías de acceso a Wichita estaban obstruidas por árboles caídos y otros obstáculos, y la posibilidad de reposición de los productos ya comenzaba a hacerse difícil.

Tuvimos que intervenir en un par de situaciones violentas. Una sucedida entre un dependiente de una farmacia y un cliente que sacó un arma y le apuntó sin más. La otra tuvo que ver con una pelea en plena calle. Fuera de eso, estuvimos patrullando la zona que nos correspondía e intentando calmar a la población. Mientras íbamos en el coche, escuchamos en la radio a varias personas dar declaraciones. Algunos políticos se movilizaron al corredor del «Ghost Idlewild», que involucró a varios estados. Se trató de una excepcional tormenta que recorrió más de quinientos kilómetros casi en línea recta. Los meteorólogos todavía no encontraban explicaciones.

—La verdad es que no imaginé vivir algo así —confesó Anne, quien me acompañaba en el coche.

En ese momento, comenzó a caer granizo nuevamente. Eran las seis de la tarde.

—Lo peor es que la gente teme que los fenómenos atmosféricos continúen destruyendo la ciudad —afirmé.

Percibía el miedo en las calles, en cada esquina. Las personas salían solo a los mercados y no se hablaban entre ellas. Caminaban con rapidez. Sus cuerpos parecían rígidos, como si mucha tensión los acompañara.

Estuvimos todo el día escuchando sirenas de policías y ambulancias. Había pájaros muertos en muchas calles, mezclados con el polvo rojo oscuro (casi negro) que había dejado el tornado y que los científicos continuaban investigando.

—Parece sangre mezclado con la nieve. Ese maldito polvo... —murmuró Anne.

Volteé un segundo para mirarla. Ella veía hacia el exterior por la ventanilla. Volví a concentrar la vista en la calle.

—Mezclado con la nieve derretida, es cierto que parece sangre —asentí—. Saben que es desértico, pero no comprenden cómo sucedieron los flujos de viento para que pudiese llegar al corazón del país —continué.

—Ya. ¿Has descubierto algo más en la casa de Inger Braun? —me preguntó Anne.

—No gran cosa. Estuve en su habitación, haciéndome una idea de la clase de mujer que era.

—¡Vaya! —exclamó y me miró.

Estaría pensando en que seguía las recomendaciones del agente Freeman.

—¿Y a qué conclusión llegaste? —preguntó.

—Una mujer bastante normal, solitaria, trabajadora, creo que simple. Tenía una película clásica sobre su mesa de noche. Una fotografía de unos niños que parece tomada hace años. Y nada de su marido, como si nunca hubiese existido.

—Tal vez fue una relación corta, solo un error enmendado pronto —respondió Anne.

—¿A qué te refieres? —pregunté.

Me interesaba su idea.

—Mi prima Mary Ann tuvo un noviazgo largo de más de ocho años y casada no duró más de seis meses. No quiere ni acordarse del nombre del chico. Algunas veces las personas son capaces de esconder muy bien su verdadera personalidad, hasta que todo se derrumba, porque es muy difícil continuar haciéndolo una vez que se convive.

—Sí. Tal vez tengas razón. Esa es una buena explicación. Necesitamos saber cuánto tiempo permaneció casada Braun. En este caso, ella no se divorció, sino que el hombre murió.

—Es cierto. Tendremos que hablar con alguien del Subdepartamento de Investigación Informática. Son ellos los que hurgan en la biografía de las personas a través de miles de caminos, y nos pueden dar un perfil más rápido. Lástima que…

—Que no contemos con Rossy —completé.

—Exacto. Pero está Ender —propuso.

Una fuerte ráfaga de viento atacó en ese momento la calle.

El coche se balanceó. Algunos objetos ligeros volaron por los aires frente a nosotras.

Escuchamos gritos en el exterior y algo como el desplazamiento, dando tumbos, de un objeto metálico.

—¡Detente! —me pidió Anne.

22

Lo HICE. Aguardamos.

La ráfaga de viento pasó. Todo quedó en calma.

—Ahora cada vez que el viento sople causará pánico —
expresó Anne.

Tenía razón. Continuamos el camino.

—Veo que estás muy unida a Ender —alcancé a
comentar.

—Sí. Es un buen chico y necesita relacionarse —respondió.

Presentí que mi exploración sobre la relación entre ellos
no le agradaba. La forma como pronunció sus últimas palabras me lo hicieron ver. Supe que no podía, por el momento,
enfrentarme de lleno a Anne ni mucho menos contarle que
había tenido la visión de una gorra y que esto me conducía a
Ender, y lo que me producía no era agradable.

—¿Tú que piensas del asunto de la frase repetida en la
Academia? La misma del baño de Inger Braun —le pregunté,
en parte para cambiar de tema y en parte porque en realidad
me interesaba su opinión.

—Son palabras comunes. Podría ser casualidad. Sin embargo, deberíamos mirar. Más me preocupa ese lugar en la web, el que han llamado «el fin del mundo». ¿No te das cuenta de que todo esto, el tornado, los pájaros, el virus en la Academia, se parece un poco a lo escrito sobre las plagas de Egipto? Aunque reconozco que no es exactamente igual. En las escrituras la primera plaga fue sangre en el río, luego ranas, piojos, moscas, ganado muerto. Úlceras en las personas, lluvia de granizo y fuego, langostas y saltamontes, tinieblas… Sé que puede ser algo tirado por los pelos, pero no me puedes negar que hay alguna similitud.

Hice silencio. Ella continuó.

—Y, entonces, he pensado si no habrá un grupo de locos que, aprovechando lo del polvo desértico y lo del tornado, pretendan darle forma de cataclismo al conjunto.

—¿Pero cómo sabrían que el tornado vendría? Ni siquiera los radares lo detectaron. Además, significaría que estarían detrás del virus en la Academia, y eso los convierte en delincuentes. Y que mataron a Braun. Me parece que, de ser el caso, estaríamos hablando de una comunidad de asesinos, y no lo veo tan claro —objeté.

—Sí. Tienes razón. Lo más seguro es que sean unos chicos que juntando todo lo casualmente sucedido hayan querido bromear con el fin del mundo —convino Anne.

Pero yo no estaba tan segura de que lo que estaba sucediendo fuera una broma, ni tampoco producto de la casualidad. La diferencia era que yo conocía la existencia de la oscuridad y mi compañera no.

Al fin llegábamos al Departamento.

Estábamos exhaustas, pero no queríamos acabar el día sin adelantar algo más en relación al caso del asesinato de Inger Braun.

—¿Sabes qué es lo que más me inquieta? —preguntó Anne, de repente, cuando yo activaba el seguro del coche.

La miré, intrigada.

23

—Ese bendito puñal con la serpiente grabada que ha dejado en la escena. Estoy segura de que no habrá huellas en él. ¿Pero por qué dejarlo allí? Parece un objeto singular. A menos que, al salir, no pudiera mantenerlo consigo. No pudiera ocultarlo. Y esas heridas tan perfectamente ejecutadas, esa disección perfecta para el desangrado. Debe ser una persona fría, eficaz, fuerte. Una máquina de asesinatos.

Todo lo que decía Anne era cierto.

Entramos en el Departamento. Nos dirigimos a la segunda planta, al despacho de la jefa Tonny.

Ella nos estaba esperando. También se encontraba allí Juliet.

Ambas se veían cansadas. El lugar desprendía olor a café.

La jefa estaba ante su escritorio y Juliet sentada en una silla frente a él.

Anne y yo nos acomodamos a su lado.

—Esperamos que las próximas horas las aguas vuelvan a su cauce en la ciudad. Las he eximido a ustedes dos de más labores de resguardo del orden público, así que ya pueden concentrarse en el caso de Inger Braun —dijo la jefa Tonny. Luego inspiró y se acomodó un mechón de pelo que se había salido de una cola baja que llevaba, hecha sin ningún cuidado.

—Jefa, creemos que en la 70.ª Academia de Entrenamiento de Vuelo de Wichita alguien escribió en una pared la misma frase que hallamos en la escena del crimen de Braun. No sabemos si ambos hechos están relacionados —afirmó Anne.

Juliet la miró con curiosidad y dio vueltas a un bolígrafo que llevaba en la mano. Noté que la tenía vendada. La misma mano que movía.

—¿Cómo han obtenido esa información? —preguntó Tonny sin inmutarse.

—Una persona conocida ha navegado en las profundidades de la Internet y ha encontrado fotos. No las he visto, solo me lo ha dicho. Se encuentran en una especie de foro llamado «El fin del mundo».

—¿Esa persona pertenece al Cuerpo? —preguntó la jefa con una entonación más grave.

—No. Pero no está enterada del asesinato de Inger Braun y mucho menos del hallazgo de la frase en su baño —respondió Anne.

—Si van a desarrollar una línea de investigación que involucre a la 70.ª Academia de Entrenamiento de Vuelo de Wichita, háganlo con suma discreción, y quiero estar enterada de todos los pasos que den. Es un área de instrucción de la OTAN y no quiero problemas —avisó la jefa.

—Creo que lo de Braun ya todo el mundo debe saberlo. La noticia ha corrido en la prensa —informó Juliet.

—Siempre he pensado que tenemos un soplón en el Departamento, y esto me hace creerlo más aún. En medio de todo este desastre, que la prensa haya informado el asesinato de Braun es sospechoso —completó la jefa Tonny.

—Así es —afirmó Juliet. Luego continuó—. Pero afortunadamente no saben casi nada. Solo que la mujer murió asesinada. Eso es lo único que han publicado. Y se trata de un portal de noticias virtual con poca credibilidad.

—Entonces no es tan grave aún. Y si lo de la frase en la escena no ha trascendido, es porque no lo saben —agregó Anne.

Le noté cara de preocupación. Imaginé a Ender en su casa entrando en su ordenador, husmeando en su WhatsApp desde allí, o instalando un virus rastreador en su móvil que le permitiera acceder a todas sus llamadas o mensajes. Esas cosas existen, y si alguien es capaz de dominarlas, era Ender. Creo que Anne en ese momento, aunque fuera un segundo, sospechó de él y lo relacionó con la fuga de información de la que había hablado Juliet.

—Lilian ha trabajado con el cadáver. Acaba de hacerme llegar el informe preliminar. Aquí lo tienen —dijo la jefa Tonny.

Instintivamente, alargué la mano primero que Anne. Ella se dio cuenta y me hizo una señal con la cabeza para que lo tomara.

Estaba deseosa de conocer esa autopsia aunque estuviese incompleta. Sabía que el cuerpo de Inger podía decirme algo. Hojeé el documento hasta que vi la foto de la herida del cadáver, agrandada. Toqué la imagen. Lo que experimenté me alarmó. Las hojas de papel cayeron a mis pies. Las tres hicieron silencio y se quedaron mirándome, extrañadas.

Debieron haber traducido el horror que había en mis ojos.

24

—¡PERDONEN! —alcancé a decir.

Sentí lo que esa mujer experimentó al morir. Mucha confusión e incredulidad. Se preguntó por qué le estaba pasando eso y vio su propia mano abierta, impotente, intentando contener la sangre que brotaba a borbotones de sus muslos. Había mucha desesperación en ella, hasta que el mareo y la debilidad la consumieron. Alcancé a sentir lo que Inger Braun sintió. Fue como asistir a mi propia muerte. Fue una de las sensaciones más aterradoras que he sentido estando en compañía, pero tenía que disimular.

Tomé las tres hojas que componían el informe y volví a acomodarlas en el orden en que me habían sido entregadas. El clip que las mantuvo unidas había ido a parar al lado del zapato de Anne. Ella lo tomó y me lo ofreció.

—¿Has visto algo en el informe que quieras comentarnos? —me preguntó la jefa, restando importancia a mi actitud. De seguro pensó que mi defectuosa motricidad se debía al agotador día que habíamos tenido todas.

Pero Juliet no pensaba eso. Sentí su mirada clavada en mí. Intuí confusión y desconcierto en ella.

—Los cortes son sumamente precisos. Es alguien que conoce bien la anatomía humana —completó la jefa Tonny —. A mí también me ha sorprendido eso.

—Hay mucha sangre fría en este acto —le afirmé.

—Sin duda, el arma del crimen es la daga que ha dejado en la escena. Tendrán que consultar con un experto en ese tipo de objetos. Nunca había visto nada igual —confesó nuestra jefa. Intuí alarma en su voz.

Puse el clip a las hojas y se las pasé a Anne. Ella las tomó y miró. Se detuvo un poco en la foto de las heridas y en la que mostraba el doble filo de la daga.

—¿Lilian Peterson aún estará en el Departamento Forense? —pregunté a Juliet. Si alguien sabía dónde estábamos todos a cualquier hora del día, era Juliet Rice. Su mente ordenadora y fiscalizadora necesitaba mantener el conocimiento del Departamento por completo a cada momento.

—Sí. Aún no se ha marchado, aunque ya debe estar por hacerlo —me respondió, pronunciando lentamente las palabras y mirándome con fijeza.

—¿Quieres hablarle? Creo que todo lo que debe saber lo ha puesto en el informe. Mira la hora de ejecución del mismo: apenas hace media hora —afirmó Anne y dejó los papeles sobre el escritorio.

No quería hablarle, solo deseaba que me permitiera tocar el cadáver, pero la lógica que acababa de exponer Anne era lapidaria. Cada vez que sucedía algo como eso, que mi compañera sin quererlo obstaculizaba mis planes, me lamentaba de no haber tenido el suficiente valor para contarle mis facultades.

—Tienes razón, Anne. Solo pensé que, tal vez estando allí

con ella, podría ocurrírsele algo o decirme alguna cosa que no reportara en el informe por considerarlo solo una presunción —contraargumenté.

—Sé a lo que te refieres —convino la jefa Tonny—. En este oficio, algunas veces nos guardamos cosas y no las escribimos en los formularios, esperando a comprobar si es un acierto lo que pensamos o solo una tontería.

Asentí.

En ese momento, tocaron a la puerta del despacho.

Luego de escuchar la palabra «adelante», la persona que estaba afuera entró y todas nos quedamos pasmadas al verla.

25

—¡Rossy! —exclamamos al unísono Anne y yo.

Llevaba muletas consigo. Pero se veía bien.

—¡Hola, jefa! ¡Hola a todas!

—¿Qué está haciendo aquí, Rossy? ¿Le han dado el alta médica?

—No. Ni mucho menos. Pero solo tengo una fractura en la pierna, que ya han arreglado. No tengo fracturas en las costillas. Solo recibieron un buen golpe. Me sentí con fuerzas para venir y aquí estoy. He mirado lo que ha sucedido en la ciudad y además hubo un asesinato en mi calle. Han matado a Inger y todavía no me lo puedo creer —dijo Rossy al tiempo en que avanzaba y se quedaba detenida entre las sillas que ocupábamos Anne y yo.

—¿La conocías? —le pregunté.

—Algo. No en profundidad. Era poco sociable. Siempre salía a la misma hora y llegaba a las ocho de la noche. En ocasiones cruzábamos algunas palabras. Me parece que los últimos días algo la preocupaba. No respondió mi saludo, y cuando llegó a casa hace un par de días, miraba hacia un lado y otro, como si estuviese temerosa de algo. Pero podrían ser ideas mías o tal vez era una mujer nerviosa y yo no lo había notado. No me fijo mucho en mi alrededor.

—Está bien, Rossy. Si la jefa consiente que estés aquí, me gustaría que investigaras la vida de tu vecina. Todo, su familia, su matrimonio. Tenemos que hacernos la mejor idea posible de la razón por la cual alguien quiso asesinarla. Te haremos llegar el reporte preliminar del levantamiento de la escena y de la autopsia —dijo Anne.

Luego miró a la jefa.

Esta movió la cabeza, pero no en señal de negativa, sino de consentimiento condicionado.

—Puedes trabajar, Rossy, pero desde casa. No desde aquí. Debes tomarte las cosas poco a poco.

—No hay problema. Así lo haré. Estaré en el piso de mi novio.

Me quedé pensando en lo que acababa de decir Rossy. Ella continuó hablando, pero yo me salí de la conversación.

Inger Braun estaba nerviosa. ¿A qué le temía?

El móvil de Anne sonó en ese momento. Lo tomó. Escuchó y luego respondió.

—Vamos para allá.

Luego me miró con un gesto de sorpresa.

—Era Lilian. Ha empleado las mismas palabras que has usado tú hace un momento. No ha reportado algo en el informe «por considerarlo solo una presunción». Ahora quiere decírnoslo en persona.

26

ANNE y yo ayudamos a Rossy a bajar las escaleras y salimos del edificio. Afuera estaba su novio, esperándola. Cuando se fueron, nosotras nos encaminamos al Departamento Forense, que se hallaba justo al lado.

De camino, sentí mucho frío y un ardor en mi hombro de nuevo. Era como si me hubiese quemado con algo. Pensé que tal vez estaba padeciendo una especie de alergia por el polvo que habíamos aspirado durante todo el día. Eso explicaría la presión que más temprano sentí en la nariz.

—¿Qué te pasó cuando miraste el informe? Pusiste cara de espanto.

—Hay algunas cosas que debo decirte, Anne, pero no en este momento —le respondí. No era mi intención resultar enigmática, pero era cierto que le debía una explicación.

—Está bien —afirmó y no dijo nada más.

Luego se estremeció.

—Si ahora mismo estoy congelada, no puedo imaginarme la temperatura de la morgue, de la sala de autopsias — exclamó.

Sabía que no le gustaba entrar en el Departamento Forense. Nunca me lo había dicho, pero era evidente.

Cruzamos la puerta y buscamos a Lilian en su oficina. No la hallamos. Tampoco en una pequeña sala de reuniones contigua.

—Supongo que estará en la sala de autopsias —dijo Anne, resignada.

Nos dirigimos hacia allá.

En efecto, me asomé por el rectángulo de cristal que poseía la puerta de acceso a la sala y pude ver a Lilian de espaldas. Me pregunté qué estaría escuchando ahora.

Abrí la puerta y, apenas lo hice, respondí a mi interrogante.

Oía cantos gregorianos.

—¡Vaya! —exclamó Anne.

Lilian volteó a mirarnos. Esperaba ver su sonrisa irónica, la de siempre. U oírla decir algo inteligente al vernos, pero no dijo nada. Eso me extrañó. Nos dio la espalda y siguió con lo que estaba haciendo.

Anne también debió notar algo raro y por eso le hizo una pregunta.

—Hola, Lilian. ¿Todo bien?

—Hola. No. Nada bien. Todos los forenses en ejercicio hemos colaborado en el Instituto Forense General de la ciudad. He hecho la autopsia a una chica. Ha muerto por asfixia. Se encontraba en una disco cuando pasó el tornado cerca y el pánico se apoderó del lugar. La han pisoteado y le han comprimido el tórax… —dijo y luego calló.

Continuaba de espaldas.

—Se preguntarán por qué estoy escuchando eso, los cánticos de adoración. Es que creo que es lo único salvable de la religión y suelen calmarme. A mi hija le gustan, y esa chica, la que murió por culpa de la manada, de la brutalidad, se

parecía mucho a mi niña. ¡Es todo tan exasperante! —
culminó.

Anne y yo caminamos y nos detuvimos a poca distancia de
Lilian. Ella se cambió los guantes que llevaba puestos por
otros, y nos invitó a acercarnos al cuerpo, que estaba cubierto
con la manta de papel que empleaban en la sala para cubrir a
los cadáveres.

Lo destapó hasta la altura de sus pechos.

Entonces lo vi.

—Justo eso era lo que quería que notaran.

27

En el hombro izquierdo de Inger Braun había un tatuaje. Se trataba de una serpiente. También había formas que hacían pensar en un árbol. Era la misma imagen que estaba grabada en la daga con la que la habían asesinado.

—Es muy extraño. Este tatuaje no está hecho de forma convencional. Parece reciente y no ha estado cuidado con cremas cicatrizantes. La piel está reseca y veo bajo la tinta de origen animal, pero de procedencia desconocida, una quemadura extrema. Debió ser muy doloroso para ella. A menos que se hubiese anestesiado. Todavía lo estamos analizando.

—¿Qué quieres decir con que la tinta es desconocida?

—No es de origen vegetal ni mineral. Está hecha de huesos carbonizados y cáscaras de la caparazón de algún insecto. También hay restos de sangre y grasas de origen animal. Es muy pronto para saber a qué animales pertenece. Lo que me llama la atención es que no encuentro compuestos modernos; ni vegetales ni acrílicos. No puedo decir nada más. Tengo que apoyarme en el Subdepartamento de Materiales. Espero mañana tener más claridad. Pero estoy casi segura de que este tatuaje fue hecho sobre una cicatriz anterior —completó Lilian.

Me acerqué todo lo que pude al hombro del cadáver. Le pedí una lupa a Lilian. Ella trajo una de buen tamaño y gran resolución. En la base poseía una linterna. Me la dio. La encendí.

—Por cierto, entiendo que han conocido a Trudy. Es una buena amiga de la escuela. Siempre fue una líder que no le temía a nada. Recuerdo una excursión a la montaña… —dijo Lilian y continuó hablando.

Yo miraba el tatuaje a través del lente que me había entregado. Sin duda, era una culebra entrelazada a un árbol.

¿Por qué alguien como Inger Braun se tatuaría eso? No era acorde con su personalidad, con lo que había visto en su habitación. Tal vez si hubiese sido una rosa el motivo del tatuaje, lo hubiese comprendido.

—Pues tendremos que consultar a expertos semióticos —afirmó Anne.

—Eso creo. No sé que puede significar morir con un arma que muestra la misma figura que llevas tatuada en tu piel y que has puesto sobre una cicatriz anterior —dijo Lilian.

—Que pertenecías a algo y ese algo te ha destruido —respondí, casi sin pensar, al tiempo en que apagaba la luz de la lupa.

—¿Una secta representada por una serpiente y un árbol? Podría ser —convino Anne.

En ese momento, la música gregoriana se detuvo de repente.

Todas volteamos hacia los altavoces que Lilian mantenía en un rincón de la sala, sobre una silla. Anne y yo lo sabíamos, que las óperas que Lilian Peterson solía escuchar siempre venían de allí.

La luz parpadeó, y luego quedamos sumidas en una total oscuridad.

28

Escuchamos unos pasos en el corredor que conducía a la sala de autopsias. Volví a encender la luz que tenía en mis manos. Le energía eléctrica se había interrumpido y continuaba así. En ese lugar no parecían funcionar las bombillas de emergencia.

—Alguien viene —dijo Anne.

—Debe ser el vigilante nocturno —respondió Lilian.

Alumbré hacia la puerta.

Dos hombres entraron.

Solo uno de ellos vestía uniforme y también llevaba una linterna. Centré mi atención en el acompañante. Resultó ser conocido para mí. Se trataba de Alfred Price, el comandante encargado de la instrucción en la Academia donde habían enfermado los pilotos. Lo había visto declarando a través de mi ordenador antes del tornado. Estaba segura de que era él.

Pero ahora lucía diferente. Nervioso. Era un hombre, calculé, de algo más de cincuenta años. Alto, de espaldas anchas, con apariencia de deportista. Tenía el pelo rubio muy corto y los ojos azules. Su porte era dominante, pero se veía afectado. Podía observar en él a lo lejos, y a pesar de la escasa luz, un dilema; como si fuera un hombre fuerte que de repente había descubierto una debilidad que lo había trastornado.

—¿Quién es Anne Ashton? —preguntó con una voz de registro grave.

—Yo —respondió Anne.

En ese momento, la energía eléctrica volvió y la sala se iluminó.

Los cantos gregorianos volvieron a sonar y Alfred Price giró la vista al rincón. Me dije que era un sujeto de reflejos rápidos.

—Necesito hablar con usted —le dijo a Anne con determinación.

Ella caminó hacia su encuentro. Yo fui detrás. Ni siquiera sé por qué lo hice.

Lilian tomó de mis manos la lupa y se quedó junto al cadáver.

—¿De qué se trata? —preguntó Anne una vez que estuvimos junto a él y el hombre uniformado había desaparecido tras la puerta.

—Me han dicho en el Departamento de Homicidios y Casos Complejos que es usted la encargada de llevar adelante la investigación del asesinato de Inger Braun —dijo Price.

—Sí. En efecto. Mi compañera, la detective Carter, y yo. ¿Tiene información relevante sobre ese caso? —preguntó Anne moviendo ligeramente la cabeza. Eso lo hacía cuando intentaba ver las cosas en perspectiva, cuando quería entender algo que de primeras le parecía extraño.

Entonces, Alfred Price le estrechó la mano a Anne y luego a mí. Al hacerlo, comprendí de un solo golpe todo lo que lo había llevado hasta allí y el dilema que tenía dentro, y que a la distancia pude presentir.

29

—¿Podemos hablar en otro lugar? —preguntó Price.

Cuando lo hizo, me pareció que esquivaba mi mirada. Había algo que él no comprendía. Me parecía que estaba atravesando una situación extraña. Era un hombre racional, inteligente, moderado. A la vez, creía que debía ejercer como nadie la autoridad en la Academia. Tenía —comprendí— todas las características de un buen piloto: arrojo, cálculo, confianza en sí mismo. Y justo esa confianza ahora parecía haberse pulverizado. Eso era lo que descubría en él, un extravío de sí mismo.

Abandonamos el Departamento Forense y nos dirigimos a la oficina de Anne. Una vez dentro y sentados en torno a la mesa de reuniones que había a pocos metros de su escritorio, Price comenzó a explicarse.

—En primer lugar, debo decir que no comprendo lo que está sucediendo y que lo que voy a informarles, visto de primeras, parece una locura. Sin embargo, estoy en la obligación de comunicarlo...

«Se siente ridículo. Nunca había pasado por una situación

como esta», pensé. Me dije que era un hombre acostumbrado a comprenderlo todo y que a sus ojos debía ser tan insólito como grave lo que lo había traído hasta nosotras.

—El hecho es que los pilotos Allan, Bruce, Cameron, Douglas y Ferguson han enfermado de una forma inexplicable. Sé lo que declaré a la prensa. Dije que era una intoxicación y que estudiábamos las causas, pero no lo creo. Lo hice porque había que privilegiar un mensaje de calma en la ciudad. Lo cierto es que han sido contagiados con un virus que aún no han podido identificar. Produce inflamación de los tejidos, de los órganos. Ahora ellos no piensan con claridad...

—¿Qué quiere decir? —intervino Anne.

—¿Cómo sabe que fue provocado? —pregunté yo al mismo tiempo.

—Por lo que ha pasado después —me respondió a mí primero.

Luego hizo una breve pausa y continuó.

—Antes todos ellos eran hombres y pilotos de primera, pero ahora no pueden articular palabras. La explicación médica es que se ha visto afectado el centro del habla y del razonamiento del cerebro por la misma inflamación de los tejidos. Todos ellos están distantes, como en otro mundo, desconectados. Simplemente están allí, con cara de niños...

Sabía de lo que hablaba Price. Lo había visto antes en personas que padecieron accidentes de coches o motocicletas y se habían lesionado el cerebro. Adquirían una nueva expresión en sus rostros, algo infantil, pero sobre todo una especie de candidez, de ingenuidad, aparecía en sus miradas.

A él eso le resultaba aterrador, por lo que podía traducir de su rostro.

—Más sin embargo, todos han escrito una misma palabra. No hablan, pero cuando el personal médico les ha acercado papel y lápiz, al alertar que querían comunicarse, entonces han escrito algo con una escritura pueril, con letras de trazos irregulares, como si les costase mucho articular el pensamiento y el movimiento de sus manos —afirmó.

Hizo otra pausa. Dijo después:

—Han escrito la palabra Braun.

30

—Luego señalan algo inexistente delante de ellos, y a lo que parecen temerle. En el caso de Bruce y Cameron, han tenido que sedarlos… Creo que tienen alucinaciones. Cuando supe lo de la muerte de esa mujer apellidada Braun, entonces comencé a darle vueltas al asunto. Ya era bastante llamativo que los pilotos, sin tener comunicación entre ellos, escribieran lo mismo sobre el papel. Como si estuviesen delatando algo que tuviese que ver con lo que les sucedió. Eso fue lo que pensé al principio. Bajo la tesis de que lo que les pasa fuese producido por alguien con intenciones criminales, me planteé que a su manera estuviesen revelando el nombre del culpable. Pero luego, al conocer sobre el asesinato de Inger Braun, he pensado que tal vez estuviesen alertando que habría otra víctima…

—¿El nivel de comprensión de los pilotos les ha permitido enterarse del asesinato? —preguntó Anne, mirándolo fijamente. Pude ver unas casi imperceptibles arrugas en su frente.

—No. Es imposible. Le he dicho que están como en un trance.

—Entiendo —respondió Anne—. Comprendo lo que ha pensado, pero el hecho es que Inger Braun murió a raíz de un ataque con un arma blanca, y no contagiada por alguna sustancia. Quiero decir que los hechos son diferentes, así que me cuesta ver clara la relación que usted ha establecido entre el presunto envenenamiento de sus pilotos y el asesinato de esta mujer.

Price hizo silencio. Creo que intentaba que Anne expusiese con mayor detalle su razonamiento. Pensé que era una estrategia que utilizaba con frecuencia. Hacer silencio para que sus interlocutores argumentaran más antes de contraargumentar él. Pocas personas toleran los silencios incómodos, y Price debía aprovecharse de esa debilidad. Pero Anne tampoco decía nada. Solo sostenían la mirada entre ellos.

—¿Es posible que veamos la escritura en esos papeles? —intervine.

Entonces Price me observó. Hasta ese momento, podría decirse que había ignorado mi presencia.

—Sí. Los he traído conmigo. Supuse que me los pedirían —respondió.

Ahora hablaba el hombre racional, el que yo creía que era en condiciones normales.

—Pero antes de entregárselo, tengo que decirle otra cosa, detective Carter.

Su tono me pareció acusador, y no sé por qué.

—Como bien ha deducido su compañera, he venido aquí no solamente por lo que les he dicho hasta ahora. Hay algo más. Hace dos días recibí en casa un sobre con una misiva, con un mensaje. Era una única hoja de papel. No le presté la atención debida antes —reconoció.

Acto seguido, buscó en el bolsillo interno de su gabardina. No se la había quitado al entrar en el Departamento. El frío que se había apoderado de la ciudad se colaba en las instalaciones de una manera inusual.

Fue cuando noté que Alfred Price llevaba guantes. Ni siquiera cuando estrechó mi mano me percaté de ello. Me dije que no debió llevarlos puestos entonces, pero luego pensé que se los había puesto en el trayecto desde el Departamento Forense a la oficina de Anne. Él caminaba detrás de nosotras y lo pudo haber hecho sin que lo notáramos. Creía que si los hubiese tenido puestos al saludar me habría dado cuenta.

Extendió un papel, levantando la mano de modo que el contenido del mismo quedara al descubierto ante las miradas de Anne y la mía. Lo había metido en una especie de envoltura de plástico, parecida a las que empleaban los técnicos en recolección de pruebas.

Leí el escrito. Mostraba letras rojas de mediano tamaño: «59, calle Madison, Sunnyside».

—¡Esa es la dirección de Inger Braun! —exclamó Anne.

—Y recibió esa hoja antes de que ella estuviese muerta… —agregué en el momento en el que Alfred Price ponía la hoja sobre la mesa.

31

—¿SABE usted algo sobre un escrito en un muro de la Academia? —le preguntó Anne.

Yo tomé la hoja, pero no experimenté nada al hacerlo. Mi capacidad empática seguía perdida.

—Sí, eso también me preocupa. Pero, en todo caso, no tiene relación con Braun. He sabido que han publicado en algunos lugares turbios de la Internet una fotografía de la frase «Ya está hecho», sacada del muro de la Academia —respondió él.

—¿Cómo ha sabido eso? —le pregunté al tiempo en que dejaba la hoja sobre la mesa.

Volvió a mirarme, esta vez con curiosidad.

—He contratado a un experto del mundo virtual a raíz de lo sucedido en la Academia. Quería descartar que también fuéramos blanco de un ciberataque. Esto es solo un acto de precaución, ya que nada nos conduce a pensar eso. Tampoco he querido preocupar sin necesidad al Consejo, ni al Departamento de Defensa. De hecho, con las primeras personas que hablo sobre mis dudas es con ustedes. Y lo hago porque ha muerto una mujer, y no me gustaría contar con información relativa a su muerte y no haberlo comunicado. Sin embargo, ahora mismo pienso que es hora de que cuente todo esto a algunos miembros del Consejo, a los representantes de la OTAN. En nuestra academia instruimos a pilotos de todo el mundo.

—Sí. Lo sabemos —convino Anne.

Yo pensaba en lo que Price acababa de decir. Era evidente que no sabía que esa misma frase había sido escrita con la sangre de Inger Braun sobre los azulejos de su cuarto de baño. Por esa razón no le daba importancia.

—Dígame, comandante Price, ¿cualquier persona pudo escribir esa frase en la Academia? Quiero decir, ¿el lugar donde apareció la frase y donde alguien pudo fotografiarla es de fácil acceso, o se mantiene bajo vigilancia? —pregunté.

—Se trata del muro lateral exterior. Colinda con un área boscosa. Cualquiera que pasara por allí pudo hacer la pinta —me respondió. Luego hizo silencio un segundo. Después algo en su cerebro le hizo una alerta—. ¿Por qué le da tanta importancia a ese escrito? Yo pensé que una vez que se hizo público lo sucedido con los pilotos cualquier indeseable pudo pintar eso. No se imaginan la cantidad de locos que, por el hecho de que administremos formación a la OTAN, nos hacen blanco de ataques, por llamarnos belicistas —sentenció con un dejo de amargura.

Hubo algo en él que me agradó. Parecía un hombre sincero, de ideas sólidas, y puede que intransigente en muchas cosas, pero lo sentí confiable. Pudo haberse quedado en casa y no decir nada sobre lo de Braun. Se notaba que no le gustaba ventilar sucesos de su academia con el resto de los mortales externos a ella.

—Tenemos razones de peso para interesarnos en esa pinta y en quien la hizo. También en quién tomó la fotografía y la colgó en la red. No podemos comentarlas por ahora con usted. Le agradecemos que nos haya contado todo esto. Valoramos su claridad. Por supuesto, nos quedaremos con este papel y el sobre, si lo ha traído, y también quisiéramos los escritos de los pilotos —pidió Anne.

Él asintió. En ese momento, tomó su móvil y mostró unas imágenes a Anne. Ella le pidió que se las enviara a su teléfono y le dijo su número.

—Ha dicho que ha contratado a un experto. ¿Podría decirnos su nombre? —pregunté.

Esperaba justo la respuesta que nos dio.

3 2

—Logan Callen —respondió.

Otra vez ese nombre, me dije. Lo sospeché porque era controlador aéreo, sentía pasión por los aviones, estaba en Wichita y era tan hábil como Ender en las búsquedas en Internet. ¿Por qué Logan volvía a aparecer? ¿Era coincidencia? Además, él también usaba una gorra de los Kansas City Royals y yo había visto una gorra entre los escombros, aunque no estuviera realmente allí…

Sentí un ardor intenso en mi hombro izquierdo otra vez. Pero ahora era más agudo. Como si algo me hubiese quemado. No tuve tiempo de mirarlo, pero sabía que no había rozado ninguna superficie caliente.

—¿Lo conoce bien? —pregunté a Price.

—Lo conozco bien, pero desde hace pocos días — respondió él un poco retador.

Me llamó la atención lo que dijo. Casi todo el mundo comprende que es el tiempo el que hace que se conozca bien a las personas. Pero para Price, parecían haber otras variables implicadas mucho más importantes que la variable temporal.

—Bien, comandante Price. Cualquier nueva información que tenga, ya sea a través de lo que descubra con su asesor en las redes o en la Academia, le agradecemos que nos la comunique. También enviaremos a alguien para que fotografíe la pinta en el muro, y quizás se requiera la comunicación con el señor Logan Callen —dijo Anne.

Price asintió. Me envió una mirada que ahora denotaba aceptación. Era como si al principio yo le resultara molesta, y por alguna razón luego de la conversación hubiese cambiado de parecer. Me dije que podía ser que por su formación militar fuese un hombre capaz de percibir riesgos, mucho más que cualquier otro. Mis habilidades perceptivas podrían ser tomadas como un riesgo porque, eventualmente, me permitían conocer aspectos que las personas no están dispuestas a confesar, y podía ser que, de alguna manera, Price las hubiese intuido.

Sin embargo, después del tornado, tenía la sensación de que mi cabeza también estaba revuelta y muy confusa, así que Price no tendría nada que temer. No percibí nada en casa de Braun, y eso me había dejado defraudada. Era como si se hubiese levantado dentro de mí una capa de miedos, de ansiedades, pero casi ninguna idea o visión que me permitiera hacer bien mi trabajo. Como si nada estuviese en su lugar.

En ese momento, me dije que las sospechas sobre Callen también eran infundadas. Pero había algo en ese hombre y en su recuerdo que me perturbaba.

—Espero que se aclare pronto el asesinato de Inger Braun —dijo Price, dándome la mano.

Por un momento, sostuvo mi mirada y pude ver sus ojos claros, grandes. Era un hombre atractivo, con algo que seducía y que obligaba a querer saber más de él, pero era algo innato de lo que tal vez ni siquiera estaba consciente. Quizás porque mostraba una parquedad, una sencillez inicial que no era tal y a la vez se veía como un hombre seguro. Eso podía ser su centro de atracción. O podía ser que ese aire de confusión que lo había traído hasta allí fuera lo que me intrigara.

El hecho es que sentí algo muy extraño en presencia de Price. Como si una parte de mí no quisiera que se fuera.

33

Esa noche no pude conciliar el sueño. Tal vez eran demasiadas cosas en las que pensar. En Logan, en la carta que había recibido Price con la dirección de Braun, en el asesinato de Braun, en el propio Price y en mi incapacidad para descubrir o intuir algo, aunque fuera mínimo. Lo único que me faltaba por hacer era tocar el cuerpo de Inger Braun, porque la llegada de Price me había descolocado. Me dije que al día siguiente lo haría. Debía ir al Departamento Forense sin Anne y aliarme con Lilian.

Di varias vueltas en la cama. Al final, me quedé dormida un par de horas y creo que lo hice con una extraña profundidad. Casi siempre me despertaba antes de que el despertador activara la alarma. Pero esta vez lo hice al escucharla, a las seis de la mañana. Era el día 12 de diciembre. Apagué el aparato y me di la vuelta. Fue cuando el roce de mi hombro con la sábana me hizo gritar de dolor. Algo grave le pasaba a mi hombro izquierdo.

Miré.

Había una cicatriz en él. Una que me hacía recordar el

tatuaje que Inger Braun llevaba consigo. En su cadáver, la figura estaba más clara. Era una serpiente y un árbol. Lo que veía en mi hombro tenía la misma silueta y la misma proporción entre las líneas, pero no podían definirse tan claramente el detalle de las formas. Era como si fuese la misma imagen, pero difusa. Sin embargo, me parecía ver un árbol y una serpiente sobre sus ramas. En ese momento, pensé que también podría ser un dragón, como el del chico de El Olvido, el restobar al que Lilian nos invitó antes de que todo pasara. Pero me decantaba más porque fuera una serpiente. ¿Qué significaba esa marca y por qué yo la tenía?

Toqué la cicatriz y sentí un dolor punzante que llegó hasta la raíz del cuello.

Me levanté, entre intrigada y espantada, y la miré en el espejo del baño. Entonces, detrás de mí vi algo y la piel de mis brazos se erizó.

Era como si a mis espaldas hubiese una pantalla de cine, una proyección.

En ella pude ver, en blanco y negro, imágenes de ciudades devastadas, de huesos humanos sobre tierra seca y agrietada, de tanques de guerra y aviones explotando y cayendo al mar. Luego la tierra árida se transformó, y resultó no ser eso, sino los pliegues de una piel vista con lentes de aumento. En esa piel aparecían llagas virulentas, y un hombre de ojos blancos, con una gran lupa y vestido de blanco, miraba a través de ella las lesiones de la piel infectada. Podía ver el líquido viscoso, brillante, en medio de las llagas. Entonces, el hombre se carcajeó. Luego apareció un árbol, y sus ramas eran miles de serpientes que se movían hacia arriba y hacia abajo. El tronco y las ramas eran negras, y las serpientes, blancas.

Todo eso lo vi a través del espejo. Volteé, pero sabía que al hacerlo no vería nada más. En ese momento tuve la certeza que había estado soñando con esas imágenes, que ellas se habían quedado en mis retinas y en mi memoria, y que lo que ahora veía era solo una parte de mi sueño olvidado. De uno que debió ser horrendo. Recordé las palabras de Ted Westerby, el hombre que me acusó en el sótano del edificio. Aquello de que el mundo estaba sentenciado.

Volví a mirar mi imagen ante el espejo, mientras, me decía que no tenía dudas de que, aunque no comprendiera cómo, todo lo que estaba sucediendo tenía que ver con la oscuridad que yo conocía.

¿Por qué tenía la misma figura en el hombro que había en el cuerpo de Braun y en el puñal que encontré en su baño? Yo no conocía a esa mujer, ni tenía nada que ver con ella. Cuando me hice esas preguntas, alguien llamó a la puerta del piso. El sonido del timbre me hizo brincar como un conejo asustado. Me vi hacerlo ante el espejo. No me gustó ese reflejo. Era yo, muerta de miedo, pero con el rostro de otra persona, de un hombre joven que no conocía. Tenía el pelo rizado y le llegaba a los hombros. Estaba mojado. Sus ojos eran color miel, pero de pronto se tornaron blancos. Tenía los labios muy finos y azulados.

—Él también está muerto —dijo una voz dentro de mí al tiempo en que el reflejo del espejo volvía a mostrarme mi propia cara. Tuve la impresión de que esa persona, ese joven, tenía que ver con algo que había tocado en casa de Braun, pero era solo una idea sin fundamento.

34

Me puse una camiseta que me cubría hasta un poco más arriba de las rodillas y me dirigí a la puerta. Al llegar junto a ella, pregunté quién llamaba. El frío que se había apoderado de la ciudad no cesaba y atacaba a ratos, como en oleadas. En el cuarto no lo había sentido, pero en el corredor sí. Vi salir vapor de mi boca.

—Hola, Alexis. Soy Wendy… —dijo la voz.

Abrí la puerta.

En efecto, era ella, la vieja amiga de mi abuela Denisse.

—Hola, Wendy. ¿Qué… haces aquí? —pregunté con voz dubitativa.

—Lo que vengo a decirte solo tomará unos minutos —dijo y miró hacia adentro, como esperando que la invitara a pasar.

Me pareció muy extraño que estuviese allí. No le había dado mi dirección. Además, algo en su rostro me dijo que para ella era importante la conversación que esperaba mantener conmigo.

Me hice a un lado para que pasara.

Luego cerré la puerta.

La invité a pasar a la cocina.

—Prepararé café. Apenas me he despertado hace unos minutos —le dije.

—Sí. Es muy temprano. Lo sé —dijo ella a modo de excusa.

La invité a sentarse en una de las sillas junto a la mesa y luego me di la vuelta para preparar el café. Tenía muchas preguntas en la cabeza: ¿Cómo había logrado saber mi dirección? ¿Cómo había entrado al edificio sin llamar desde el intercomunicador? Alguien había tenido que abrirle la puerta abajo.

—Es muy bonita tu casa, hija —me dijo, interrumpiendo mis pensamientos.

En ese momento, escuché el móvil sonando en la habitación. Alguien me llamaba.

Recuerdo que cuando escuché el teléfono volteé y vi a Wendy mirar uno de los cuchillos de la barra imantada que había dispuesto en la pared, cerca de la mesa y de la silla que ella ocupaba.

Le pedí un momento y la dejé sola en la cocina.

Caminé con rapidez con la intención de dirigirme a mi habitación para buscar el móvil. Al pasar entre la sala y el pequeño corredor que conduce a la puerta de salida, giré la cabeza y me di cuenta de que estaba abierta. Estaba casi segura de que la había cerrado después de que Wendy pasó. Entonces me dije que tal vez no la había asegurado y una ráfaga de viento había vuelto a abrirla.

El aire frío que se colaba desde el descanso de la escalera era atroz. Tuve la intención de dirigirme a la puerta para cerrarla, pero el tono de llamada del teléfono me orientaba en otra dirección: era muy temprano y algo me decía que quien me llamaba era Anne para informarme algo de importancia sobre el asesino de Inger Braun.

Así que dejé la puerta abierta y continué hacia mi habitación.

Entonces algo pasó por mi lado, algo que pretendía atraparme, y lo hubiese hecho si me decidía a cruzar para cerrar la puerta. Sentí el aire desplazarse junto a mi rostro, a mi brazo, y pude ver el movimiento de algo, una sombra mínima y veloz que se abalanzó a mi lado derecho.

Pretendían atraparme…

PARTE II

1

El color azul de la piscina, a lo lejos, le llamaba, le invitaba a zambullirse.

Nunca se sentía tan libre como cuando nadaba a sus anchas. Solo en el agua era capaz de poner la mente en blanco. Y eso era ahora más necesario que nunca. Ahora que las cosas con su padre no podían ir peor y que había conocido a alguien especial. Tanto que le daba la impresión de que lo conocía de siempre.

El joven Natan continuó caminando, dando pasos seguros hasta el borde de la piscina. Si en algún momento había sido feliz, era en ese.

Miró hacia abajo, hacia el agua, y se lanzó. Al sentir el contacto del agua en su piel, sintió que renacía. Esa frescura que tanto necesitaba. La soledad del centro de natación a esas horas era maravillosa, se dijo. Por eso había citado a la otra persona a esa hora, no antes. Además, él se había hecho con la llave magnética del centro, y nadie sospecharía que estaba allí. También supo desactivar la alarma. Se le daban bien esas cosas. Tampoco era que el sistema de seguridad del centro fuese sofisticado. Al contrario, era vulnerable. Nadie estaba interesado en robar nada en esa instalación.

Él, por supuesto, no pretendía cometer un robo, solo nadar y verse con su nuevo objeto de deseo.

La vida, al final de todo, le había sonreído.

Dio varias brazadas y llegó al otro extremo de la piscina, el que quedaba más cerca de la puerta. Entonces escuchó pasos. Alguien se acercaba. Decidió quedarse dentro del agua. Allí esperaría.

Vio llegar a la persona esperada. La vio desplazarse como un felino. Le gustaba esa forma de caminar tan segura, tan dueña de la situación. Desde lejos podía traducirse que se trataba de una persona especial, diferente. Incomparable con su padre y con su remilgada familia.

—Has llegado —exclamó Natan, pasando sus dos manos por el rostro para apartar el agua.

—Sí. ¿Me he retrasado? —preguntó la otra persona y luego sonrió.

—No. Has aparecido en el momento perfecto —respondió Natan.

—¿Por qué no sales? —le preguntó.

—Está bien —convino Natan, y se acercó al borde de la piscina. Luego apoyó sus dos manos en él. Se impulsó con fuerza y pericia, y salió.

La otra persona lo miró moverse. Comprendía su ímpetu. Su energía. También fue capaz de prever que no saldría de la piscina por la escalerilla. Natan necesitaba distinguirse, hacer siempre algo diferente para llamar la atención del mundo. Era como un héroe aún no descubierto a sus propios ojos. En su mente apareció un recuerdo. Lo anuló de inmediato para poder actuar. No le gustaban las piscinas. Pero eso ya no era importante…

Cuando Natan estuvo a pocos centímetros de su cuerpo

actuó con velocidad. Sacó un puñal de su bolsillo y lo clavó en la húmeda piel del joven. Luego lo movió con destreza, justo en la arteria ilíaca externa, después en la femoral. Esta vez su acción fue mucho más rápida que con Inger Braun. Necesitaba hacerlo cada vez más rápido, que entre una herida y otra no pasaran sino pocos segundos para que su maniobra fuese cada vez más perfecta, para que no hubiese tiempo de pensar en nada.

Luego hirió la otra pierna del chico.

Natan cayó de rodillas, y luego hacia atrás. Entonces la persona sacó una pequeña copa, achatada y acristalada. Estaba en uno de los bolsillos de su abrigo. La puso junto a la primera herida que le había producido a Natan. Aprisionó un poco el muslo del chico; quería que la copa se llenara con su sangre. Cuando la copa estuvo llena hasta la mitad, la retiró y luego lanzó a Natan a la piscina. Ya se hallaba inconsciente.

Entonces, lo miró por última vez y recordó su rostro sonriente y su pelo rizado. También su ingenuidad, como «la de un semidiós engreído...», se dijo.

Levantó la copa como brindando por su muerte y tomó de un solo sorbo la sangre aún tibia.

El cuerpo de Natan, en ese momento, se sumergía en el agua en medio de una mancha rojiza.

2

LA MANO de Wendy me contuvo. Vi un gran anillo que llevaba en su dedo medio.

Ella había pensado que yo giraría hacia la derecha para ir por el corredor y cerrar la puerta. Por eso había movido su mano para tocarme, sin lograr el objetivo de alcanzarme. Wendy se había desplazado muy silenciosa y por eso no escuché sus rápidos pasos detrás de mí. Tampoco percibí su presencia cerca. Era como un fantasma.

—Perdona, Alexis —me dijo.

Yo volteé. Me miraba con interés.

—Tengo que decirte algo antes de que te metas de lleno en tu trabajo —completó. Parecía grave. Su tono de voz había perdido esa cierta dulzura que noté cuando me saludó.

Estábamos las dos de pie, sin movernos, en medio de la sala de mi piso, en la intersección con el pasillo que conducía a la salida y el brevísimo corredor que llevaba a mi habitación.

La miré, expectante.

—Si estás recibiendo una llamada a esta hora, debe ser porque algo malo ha sucedido —me dijo.

—Es lo más seguro. Al menos, por algo extraordinario que hay que atender —completé.

Le pedí que volviera a sentarse, esta vez en la sala.

Fui a buscar el teléfono y vi una llamada perdida de Anne. La llamé y me dijo que habían encontrado otro cadáver. Esta vez en el Centro de Natación James Pit, al sureste de la ciudad. Me dijo también que todo apuntaba a que el autor del crimen era el mismo que había matado a Inger Braun. Le respondí que estaría en ese lugar en minutos.

Pensé que tenía que despedir a Wendy, por mucho que me intrigara su presencia en casa.

Cuando volví a la sala con la intención de deshacerme de ella, me confesó algo que me dejó muy confusa.

3

—Sé por qué asesinaron a Inger Braun —me dijo.

Me senté frente a ella. Lo que había dicho merecía atención.

Esa parte de mí que le temía de pequeña pareció de repente aflorar. Desconfié un poco. Después me dije a mí misma que era imposible que una persona como Wendy fuese una asesina. Ni siquiera contaría con la fuerza física para atacar a nadie. Entonces pensé que tal vez su cabeza no funcionaba bien.

—Dime por qué —le pedí con apremio.

—No tuvo nada que ver con su vida, sino con la de su padre —afirmó ella.

—¿Cómo es eso? —pregunté con palabras apuradas.

—Su padre estaba obsesionado con la idea de que fuerzas oscuras atacaban la humanidad. Fue un teólogo importante y perseguido, sobre todo en los años setenta. Luego dictó seminarios en la Universidad de Topeka, pero nunca dejó su obsesión.

En ese momento creí recordar algo, pero lo que fuera se desvaneció en mi mente antes de tomar forma.

—¿Cómo sabes eso? —la interrogué.

—He leído mucho, y en algún momento de mi vida me interesó la teología y la filosofía. Conocí las ideas de Daniel Braun porque leí todos sus libros. Sí que era un poco conservador… algo rígido. Denisse decía que le faltaba… perdón, no es nada. Estoy confundiendo a las personas y las épocas —afirmó.

—¿Es que mi abuela también conoció a Daniel Braun? —la interrumpí.

—No. No es nada de eso. Me confundí de nombre. No quise decir Denisse, sino Clare, una buena amiga que tuve, que ahora está muerta y que algunas veces leía conmigo los libros de Daniel Braun. Al principio, no sabía que mi vecina era hija de él. De hecho, lo supe por un error. Verás, llegó una carta a casa que iba dirigida a ella. Yo estaba trabajando en el jardín y sin saber lo que hacía, en forma automática, abrí el sobre y dentro encontré una revista de teología. Yo conocía esa publicación, aunque no ese número en particular. Así que miré mejor el membrete del sobre y me di cuenta de que aquello no era para mí. Por supuesto que fui a su casa y le expliqué mi error. Ella sonrió y me dijo que podía quedarme con el ejemplar si quería, que igual se desharía de él. Dijo que desde hacía mucho no le interesaba lo que pensaba su padre, Daniel Braun, y que alguien en la universidad se había empeñado en hacerle llegar sus disparatados escritos. Así fue como lo supe…

—Está bien. ¿Pero por qué alguien mataría a Inger Braun a causa de su padre? —pregunté.

—Creo que Daniel Braun, quien ya ha muerto, se hizo de enemigos poderosos pertenecientes a una secta. Según la prensa, en la escena del crimen de Braun había elementos simbólicos extraños. Por eso lo digo. No sé si es cierto, porque las noticias no fueron muy claras. Pero si lo es, podría tener que ver con lo que Daniel Braun exponía. Puede que alguien de la secta se haya molestado por el enfoque religioso que él poseía.

—¿Y cuál era ese enfoque? —pregunté. Sabía que tenía que irme, pero yo, más que nadie, comprendía que la obsesión de Braun era cierta, que la oscuridad existía y me interesaba lo que él podía haber pensado.

—Como te digo, estaba enfrascado en la idea de que el mal que siempre ha existido muestra sus fauces de forma cíclica a la humanidad, y que se estaba preparando para hacerlo de una manera feroz en la época de postguerra. Que el nazismo había sido solo un abreboca. Que el mal, sobre todo, se alimentaba del miedo y la desconfianza. Braun murió hace diez años y hasta el final alertaba que ya había llegado el momento de la destrucción. Lo interesante de sus ideas era que enfocaban aspectos psicológicos de las personas. No era un charlatán ni un loco. Era un sabio.

—¿Por qué alguien asesinaría a su hija si las ideas eran de él?

—Eso no lo sé, pero creo que Inger no hizo nada para merecer su muerte.

—¿Es que alguien podría hacer algo para merecer morir así? —insinué.

—Lo que quise decir es que ella sería incapaz de procurarse un enemigo de nivel capaz de asesinarla.

La miré con tono de interrogación. Se vio en la necesidad de explicarse mejor.

—Inger era una mujer muy callada y poco sociable. No la imagino conociendo a alguien peligroso ni haciendo nada para contrariar a algún fanático religioso. No sé si me estoy explicando. La naturaleza de algunas personas es esencialmente ser inofensivos; y mi vecina era una persona así, inocua. Además fue víctima de un asesino en su propia casa, y ella era muy precavida. No dejaría entrar a un desconocido. La prensa también decía que nada había sido forzado en la vivienda. Pienso que la persona entró con su consentimiento y tal vez porque fuese amigo de su padre y ella lo conociera, aunque fuera de niña.

Me levanté. Anne me esperaba. Y también la escena de un nuevo crimen. Le expliqué a Wendy que tenía que irme. La acompañé a la puerta. Cuando abrí, le hice una última pregunta: si había visto algo extraño en la calle la noche de la muerte de Inger Braun. Me dijo que no vio a nadie rondando la casa. Luego me insistió en que fuera a visitarla en algún momento para hablar sobre mi abuela, sobre su «buena amiga Denisse».

Cuando se fue, me quedé meditando, cerré la puerta, apoyé la espalda sobre ella un segundo y pensé en la oscuridad. Miré la cicatriz en mi hombro.

«Denisse decía que Braun…».

Eso había dicho. Tuve la sensación de que Wendy me estaba mintiendo y que por alguna razón no quería que supiera que mi abuela había conocido a Daniel Braun. La única conexión que veía entre Inger Braun y yo, como para que de una forma inexplicable ambas tuviéramos esa figura en nuestro cuerpo, era lo que acababa de decir a medias Wendy. Y que mi abuela, en efecto, sí conociera a Daniel Braun.

«¿Qué era lo que sabía Wendy Tandy?».

Eso me pregunté, y me di cuenta de que del fondo de mi memoria había emergido de repente su apellido.

Tal vez comenzara a recordar cosas…

4

Me dije que tenía que olvidar por un momento la cicatriz en mi hombro y lo que Wendy había dicho. Tomé mi coche y me dirigí al sur por la avenida Broadway. La ciudad apenas despertaba. Pasé sobre el río Arkansas. Esta vez no sentí nada en relación con él, ni siquiera desagrado.

Llegué al Centro de Natación James Pit.

Ya había dos unidades forenses estacionadas al frente de la instalación. También pude identificar el coche de Anne. Me bajé del mío y apresuré el paso. Estaba consciente de que la visita de Wendy me había retrasado.

Junto a la puerta principal había una mujer con cara de preocupación. Supuse que era la gerenta del lugar. Hablaba con un oficial de policía que le estaba tomando declaración. Crucé la puerta. Mostré mi identificación a otro agente que estaba al mando del resguardo de la escena. Él asintió y una técnica forense me ofreció los protectores para los zapatos y los guantes. Los tomé y me los puse. Entonces atravesé una puerta interna, por donde entraban y salían otros técnicos.

Allí estaba la piscina y un cuerpo que flotaba en ella,

bocabajo. Era el cadáver de un hombre de pelo rizado. Supe que era el mismo que yo había visto en el espejo. Sentí mucho miedo de repente. No…, no era miedo…, era desengaño.

Él había sido traicionado. Estaba dolido al morir. Su mundo se había descalabrado.

«¿Por qué?»

Esa había sido su última idea, esa pregunta, al morir.

«¿Por qué me hace esto si le amo?»

Intentaba comprender si, al menos, esa persona amada por ese chico era hombre o mujer, pero no podía estar segura. Solo sabía que esas fueron las últimas inquietudes de ese chico que yacía muerto en la piscina, en medio del agua mezclada con su sangre. La atmósfera de aquel espacio había quedado impregnada de la monumental sensación de traición que su asesino o asesina le había dejado.

Sentí pena por él. Morir por el ataque de alguien que amas debía ser lo peor. Una lágrima me cayó por la mejilla.

—Alexis —me llamó Anne.

Vino hacia mí. Había estado mirando de más cerca el cadáver. Los forenses esperaban para sacarlo del agua.

—Hola, Anne. ¿Qué piensas? —le pregunté.

—El mismo asesino, sin duda. Allá, en la esquina derecha de la piscina, cerca del borde está la frase. Y ese detalle aún no se ha colado a la opinión pública. Algún portal de noticias ha dejado claro que la escena de Braun ha contado con «aspectos simbólicos extraños comunes en la violencia de las sectas», pero ni siquiera sé si lo han hecho porque saben lo del cuchillo y la sangre, o porque se lo han inventado. Creo que si lo supieran ya lo hubiesen publicado, y no es así. El asunto es que nadie sabe lo de la frase en el baño de Braun, y aquí están las mismas palabras. Además, por la sangre que hay, te aseguro que veremos las mismas heridas en las piernas del chico al sacarlo. Estaba esperando por ti…

—¿Quién es él? —pregunté, mirando a la piscina.

—Natan Hapgood, veintidós años. Le gustaba venir a nadar a este lugar casi a diario. Estudiaba Diseño de Videojuegos. Todo en regla, ni una multa de tránsito. Vivía solo en Oatville, rentaba un piso en esa bonita zona.

Asentí. Debía tener una holgada posición social, o él o sus padres.

—Hay alguien que sí sabe lo de la frase —dije casi sin pensarlo.

—¿Te refieres a Alfred Price? Sí y no. Sabe lo que escribieron en la Academia, pero no que la encontramos escrita en lo de Braun —afirmó.

La miré un par de segundos.

—Tienes razón. Es lo que él dice. Por algún motivo, le creo. No me parece un asesino. Pero sé, como tú, que algunos de los peores no lo parecen. Sobre todo en esta ciudad.

Supe, de repente, que Anne también poseía el síndrome de Dennis Rader, el asesino conocido como BTK. Un hombre que torturó y mató a más de diez personas en Wichita y que había dejado en la mente de muchos de sus pobladores una especie de complejo, de vergüenza histórica. Como si todos cargaran a cuestas la marca de Rader y viviesen en un lugar maldito. La pena de vivir en una ciudad donde un monstruo ejerció su crueldad.

Comenzamos a caminar para acercarnos al lugar donde el asesino escribió la frase. Bordeamos la piscina. Otra vez había sido escrita con la sangre de la víctima. Noté que junto a las letras, a menos de cuarenta centímetros de distancia, había marcada una circunferencia de unos cuatro centímetros a lo sumo. La marca también estaba hecha de sangre. Ya los chicos del equipo forense habían demarcado esa área como un posible indicio.

—¿Qué te parece eso? —le pregunté a Anne.

Ella miró. Nos acercamos más.

—No lo sé. El borde inferior de un objeto que el asesino trajo consigo o que estaba aquí y el asesino se llevó.

—Es como la marca que dejan las tazas cuando se llenan de café y algo se derrama. Aunque el diámetro es un poco más pequeño —le dije.

Recordé, de repente, las tazas en el consultorio que dejaban la marca de café sobre las hojas, en los escritorios…

—Anne, creo que podría ser un vaso, un recipiente. Dejó esa marca y estaba lleno de sangre. Esta se derramó y dejó la silueta de la base —expresé.

—¿Por qué traería un vaso…? —comenzó a preguntar Anne, pero luego se detuvo.

Lo imaginé tomando la sangre de Natan Hapgood, mientras, Anne hacía silencio.

—Estamos listos para sacar el cuerpo del agua —nos interrumpió una mujer uniformada—. Acaba de llegar la jefa forense Lilian Peterson —completó.

La luz parpadeó en ese momento.

Cuando volvió, tuve la seguridad de que el asesino tomaba sangre. Me dije que tal vez esa era su obsesión: la sangre de algunas personas en particular.

¿Por qué deseaba la sangre de Inger Braun y la de Natan Hapgood?

¿Qué había tocado yo en la casa de Braun que me hizo pensar en Natan cuando me miraba al espejo?

5

No nos habíamos equivocado. Las heridas en el cuerpo del joven eran iguales. El asesino dejó el puñal junto a la puerta posterior de la edificación. Era idéntico al hallado en la casa de Inger Braun. La misma empuñadura. Uno de los del equipo forense lo encontró.

Lilian quedó en entregarnos el informe de la autopsia lo más pronto posible.

—Iré por él al Departamento Forense esta tarde —le dije.

Quería ir sola y tocar los cuerpos. Lilian comprendió mis deseos. Era mi aliada. Sabía que parte de mis estrategias de investigación era tocar a los cadáveres. Tenía la mente abierta y era capaz de respetar procedimientos y habilidades aunque no las comprendiera totalmente.

Anne no notó nada de nuestro acuerdo subrepticio.

Lilian se marchó. Anne y yo nos juntamos en la antesala del recinto. Vi cuando se llevaron el cadáver de Natan. Vi su rostro durante un segundo antes de que el chico de la unidad forense lo cerrara por completo en el cobertor de cadáveres.

Era la misma cara, la de los ojos color miel y los labios finos que había visto en mi espejo.

—¿Quién está haciendo esto, Alexis? —preguntó Anne, afectada. Estaba sintiendo impotencia. Habían sido horas duras para todos con la ciudad todavía impactada por la tragedia del paso del tornado, y ahora con la acción de este asesino del que no sabíamos nada. Dejaba las escenas llenas de sangre, pero sin una sola pista.

—¿Hemos descubierto algo más sobre la vida de Inger Braun? —le pregunté.

—Rossy está en ello. Sabes que es buena. Seguro de un momento a otro nos dará más información. ¿Por qué lo preguntas?

—Una vecina de Rossy y de Inger Braun que conocía a mi abuela Denisse me ha dicho que el padre de Inger era un conocido teólogo y filósofo con ideas religiosas que pudieron molestar a algunas sectas. Se llamaba Daniel Braun —le informé.

Anne hizo un gesto, movió los labios hacia un lado. Eso lo hacía cuando algo no la convencía. También tocó su medalla, la que llevaba al cuello.

—Se lo diré a Rossy. Pero no veo cómo eso llevó a alguien a matar a su hija —confesó.

Luego inspiró profundo.

—En realidad, últimamente no veo nada claro. Estoy como descentrada con todo lo que ha pasado en esta ciudad. También confirmaré la coartada de Alfred Price; eso sí, con discreción. Ya la jefa Tonny nos ha pedido que andemos con pies de plomo en todo lo que tenga que ver con esa dichosa academia. Por otro lado, no veo que tengamos nada más de dónde tirar, y eso me está causando dolor de cabeza —confesó Anne y volvió a tocar su medalla.

En ese momento, sucedió algo imprevisto, allí justo frente a nuestros ojos en la puerta de ingreso al centro de natación.

6

—¡Tienen que dejarme pasar! ¡Soy su padre! ¿Qué le han hecho a mi hijo? Me llamo Gideon Hapgood y exijo que me dejen entrar. ¿Quiénes son ustedes para impedirlo? Si se pusieran en mi lugar... ¡Yo he sido el culpable de todo! ¡Es que ustedes no lo comprenden! ¡Es mi culpa! ¡No me han dejado ir con él! Tengo que hablar con el encargado...

—¡Dios mío! ¡El padre! —exclamó Anne.

Caminé hacia la entrada. Había dos oficiales conteniendo a un hombre de unos cincuenta años. Tenía el pelo como el del hijo, rizado. Era muy blanco. Tenía un lunar oscuro en la frente, entre las cejas. Supuse que, infortunadamente, el hombre había visto el cadáver de su hijo cuando estaban subiéndolo a la unidad forense. Tal vez, en un descuido de los custodios, el rostro de Natan quedó al descubierto. Yo también había podido verlo.

—Señor Hapgood, soy la detective Alexis Carter. Si promete quedarse donde está, los oficiales lo soltarán. No puede ingresar porque esta es la escena de un crimen. Si quiere que converse con usted sobre lo que ha pasado, debe detenerse y tranquilizarse. Quiero que sepa que lamentamos mucho lo sucedido y comprendemos su desesperación —le dije, intentando ser compasiva y a la vez firme.

El hombre me miró. Pude deducir que en su mente había una lucha, un dilema, pero la razón resultó vencedora. Detuvo los movimientos de su cuerpo y asintió. Los oficiales lo soltaron y dieron un paso atrás.

Anne ya estaba a mi lado.

—La detective Ashton es la encargada del caso —completé.

Pero él no la miró a ella. Continuó con su mirada clavada en mí.

—Todo esto ha sido mi culpa. Natan murió por mí. Pero yo… fui prepotente. Estaba desorientado… ¡Oh! Dios. ¡He sido yo!

Después de decir eso, el hombre giró en redondo y se alejó de nosotras a pasos largos.

—¿A dónde va? —pregunté.

Anne y yo fuimos tras él. Pero Gideon Hapgood había comenzado a correr. Era evidente que no quería hablarnos.

—Iré… iré a verlas en poco tiempo. Sé dónde encontrarlas. Ahora debo calmarme… —gritó sin voltear.

Lo perseguimos sin mucha convicción y llegamos hasta la esquina, en donde el *parking* del centro de natación daba paso a la transitada calle Lerroux.

—Está pasando por una crisis nerviosa. Es mejor dejarlo solo. Luego vendrá a nosotras y le hablaremos. Creo que es lo mínimo que podemos hacer, respetarlo un poco. Además, debe hacer el reconocimiento formal del cadáver y no podrá posponerlo por mucho tiempo. A menos que otra persona pueda hacerlo —sugirió Anne.

—Ha dicho que ha sido su culpa. ¿Qué significará eso? Y ella, Wendy Tandy, también cree que el asesinato de Inger

Braun fue por algo que hizo su padre... —manifesté en voz alta, aunque lo hacía sobre todo para mí.

Miré hacia la calle en ese momento. Entonces lo vi. Era un hombre con una gorra y una chaqueta oscura. Estaba junto a un árbol en la acera de enfrente. En ese instante, dudé de si ese sujeto estaba realmente allí o era una alucinación, una visión con apariencia de realidad.

Él también me estaba mirando.

7

ME PARECIÓ que era Logan Callen.

Estaba tomando fotos.

Pero los coches que pasaban en medio no me dejaron verlo bien y asegurarme. Luego se fue. Un camión de bomberos se interpuso y no me dejó ver cuál dirección tomó. Simplemente desapareció.

—¿Viste a ese sujeto junto al árbol? —le pregunté a Anne.

—Sí —respondió —. ¿Te pareció sospechoso? —completó.

—Creo que lo conozco. Se trata de Logan Callen —respondí.

—¿El asesor de Alfred Price? —preguntó extrañada.

—Sí. Yo lo conozco. Fue mi paciente en Topeka. Es un hombre retraído. Imaginativo. Capaz de acechar a alguien, y de creer que mantiene con esa persona un vínculo especial. Lo traté un tiempo. Luego lo encontré en esta ciudad el día que te conocí.

Me miró extrañada. Me vi en la necesidad de explicarme.

—Creo que nunca te lo dije. No te conocí en la dirección del Departamento, sino cuando te vi salvar a una niña, en el paseo del río Arkansas.

—¡Vaya! Sí que recuerdo esa noche. Hacía un calor insufrible —respondió Anne.

—Así es. Era 4 de Julio. El asunto es que Logan, en el fondo, siempre me ha parecido un tipo peligroso. Y ahora creo eso con mayor intensidad —confesé.

—¿Estás segura de que era él? Lo digo porque esta neblina horrenda que ha caído encima de la ciudad, y este polvo, hace que uno no vea con nitidez y los ojos permanezcan irritados. Además, hay algo de distancia desde aquí hasta donde estaba ese sujeto.

—Estoy casi segura —le respondí.

—Podemos visitarlo. La verdad es que es extraño que esté interesado en este lugar. Por algo estaba aquí, y además es asesor de Price, y eso lo conecta de alguna manera con lo que sucedió en la Academia y con esa página de la red que ha puesto la pinta. También está el hecho de que algunos asesinos se complacen en volver al lugar del crimen para ver los efectos de su acción, para disfrutar observando…

—Sí. Deberíamos hacerlo —convine.

Dimos la vuelta y nos fuimos en búsqueda de nuestros coches. Ya no teníamos nada que hacer en el centro de natación.

Cuando estuve junto a la puerta de mi coche y Anne del suyo, le dije que creía que era importante pedirle a Rossy que buscara información sobre Logan, sobre Daniel Braun y sobre Gideon Hapgood. También le dije que tendría que hacer algo antes de ir a la oficina.

Pretendía visitar a Wendy y hacer que me contara la verdad. Ahora que sabía que Gideon Hapgood creía que era el responsable de la muerte de su hijo, cobraba más importancia lo que ella me había dicho. No podía ser casualidad que sobre las dos víctimas se posara esa sombra, la de las acciones de los padres como la causa de los asesinatos de los hijos.

—¿Qué harás? ¿Irás a casa de Natan Hapgood? —me preguntó Anne.

—Sí. Eso me dispongo a hacer —le respondí.

Al principio, lo hice con la plena intención de mentirle. Pero luego me dije a mí misma que también debía ir allí. Anne tenía razón, ella había comprendido que para mí esa era una de las primeras acciones a emprender, la de comprender a las víctimas de la mejor manera posible, y eso se lograba en gran parte conociendo sus hábitats. Anne no podía sospechar que yo contaba con una estrategia adicional: tocar los cadáveres.

—Veo que sigues los pasos de alguien que conozco… —me dijo.

Se metió en su coche y se despidió de mí con la mano. En ese momento, recordó algo y bajó el cristal de la ventanilla.

—¿Qué sucede? —le pregunté al ver que no decía nada.

—Es que lo había olvidado. Ender me ha dado el nombre de un experto en simbología de empuñaduras de dagas. Solo le he dicho que necesitamos hablar con alguien así, no le he dado detalles de la razón. Si te parece, iré a verlo con la foto de las dagas que el asesino ha dejado en las escenas.

—Está bien. Sigues en contacto estrecho con Ender por lo que veo —insistí.

—Sí. Ya te lo he dicho. Siento algo de pena por él. De hecho, estos días se está quedando en casa porque cree que el edificio donde está su piso no es seguro.

El ardor en mi hombro volvió a aparecer y, al mismo

tiempo, me quedé pensando en Anne. Me di cuenta de que era presa de su instinto maternal. Me pareció que Ender debía estarse aprovechando de eso.

¿O sería algo más lo que me molestaba que estuviese tan cerca de mi compañera?

8

Fui a casa de Wendy Tandy.

En el camino, recordé a Natan y a su padre. También la habitación de Inger. ¿Qué podrían tener en común? Aproveché que la luz de un semáforo cambió a rojo para escribir el nombre de Gideon Hapgood en el buscador de Internet en el móvil. Descubrí que era un conocido doctor en estudios bioquímicos, un investigador reputado con fama internacional. Uno de sus artículos en el buscador académico tenía un millón de vistas. Sus investigaciones se relacionaban con unos fitonutrientes y la posibilidad de evitar el envejecimiento de las células. Varios eran los temas que Hapgood, al parecer, trataba con maestría: regeneración y activación genética, senescencia celular, farmacocinética, supersustancias.

Lancé el móvil en el asiento del copiloto. ¡Me sentía perdida! ¿Qué tenía que ver lo que este científico hacía con lo que pudo haber dicho o hecho el padre de Inger, siendo teólogo? No parecían tener nada en común. Y Natan e Inger menos aún. Me dije que podría ser que el asesino escogiera a sus víctimas al azar, o de acuerdo con una selectividad que todavía desconocía.

Como en modo automático, seguí las instrucciones del GPS del coche y conduje hasta llegar a la casa de Wendy Tandy. Cuando llegué, me di cuenta de que no había nadie. Solo Dorinda. En cuanto toqué al timbre, brincó a la ventana y me miró, alerta. Me extrañó que Rossy aún no la hubiese buscado.

Entonces salí de allí y fui en dirección al piso de Natan. Anne me había enviado las señas al teléfono.

Cuando estaba a punto de llegar al edificio 129 en el barrio de Oatville, recibí una llamada en el móvil. Era de Lilian. Quería decirme que Natan tenía un tatuaje idéntico al de Inger Braun en el hombro izquierdo. Le respondí que iría a verla de inmediato y di la vuelta. Conduje con cierta temeridad. Lo único que unía a Inger y a Natan era esa figura en el hombro. Pero no solo a ellos. ¡También a mí!

Comenzó a atacarme con fuerza la idea de que una amenaza poderosa me perseguía.

Ni siquiera podía recordar cuándo había comenzado con ese ardor, cuándo esa figura había comenzado a dibujarse en mi piel. Contaba los segundos para llegar al Departamento Forense y tocar a Natan.

Cuando por fin llegué a la sala de autopsias, Lilian estaba sola.

Me vio desde la ventanilla de cristal, en la parte superior de la puerta de entrada, y me hizo señas para que ingresara. Luego me dio la espalda.

Entré y escuché una música que me inspiró violencia, intensidad. Lilian, sin voltear, me habló con la voz un tanto grave.

—Esa pieza es de *Juana de Arco en la Hoguera,* una presentación de principios del siglo pasado llevada a la ópera. La campesina que se convirtió en heroína y que conseguía inspiración en donde ninguno de sus iguales podría hacerlo. Un prodigio entre las aguas de las ideas, de la fe y de la guerra. Es por eso que te creo…, porque sé que existen personas especiales entre nosotros que parecen normales… —me dijo.

Tuve la impresión de que Lilian también estaba cambiada.

Ahora se mostraba más mística. Podría también ser efecto del tornado, porque todos sentimos la muerte muy cerca con su paso, pensé.

No le respondí nada y caminé hacia donde yacía el cuerpo del joven.

Ahora parecía un niño. Su rostro trágico transmitía ingenuidad, pureza. Estaba cubierto por la manta para cadáveres hasta la altura de las tetillas. Vi los músculos de su cuello, de sus brazos. Aún no lo habían diseccionado para hacer el análisis de los órganos.

Allí estaba el tatuaje, el árbol y la serpiente, en su hombro. Fijé la silueta y busqué en mi memoria: la figura era igual a la mía. Era como si esa misma forma estuviese dibujándose poco a poco en mi brazo, y pronto se vería idéntica a la de él. También como si la mía adquiriera mayor nitidez con el paso de las horas, y en la medida en que lo hacía, se volvía más dolorosa, pero solo a ratos. Como si el sello de fuego invisible me presionara en algunos momentos. Entonces, me pregunté si Natan habría sentido lo mismo.

—Lilian, perdona. Voy a hacerte una pregunta. ¿Es posible que esto no sea un tatuaje, sino algo como una cicatriz?

Ella volteó y me miró.

—Lo he pensado. Tiene todas las características de una cicatriz, como si hubiese sido hecha con un sello como los que se usan para marcar ganado. Ese sello tendría que haber estado provisto de pigmentos animales, además de la superficie incandescente. Ya te lo he dicho antes. Además, los tatuajes en esencia son eso, cicatrices, quemaduras. Por su puesto, los actuales son hechos de otra forma menos dolorosa. Esto es como si fuese uno de otra época…, no lo sé. Sigo dándole vueltas más por intriga que por responsabilidad, porque no es mi especialidad, y ya lo he pasado a los expertos del Departamento de Análisis de Sustancias aquí junto —me respondió.

Volvió a darme la espalda.

Entonces, me armé de valor y levanté la mano. Luego la posé con cuidado sobre la frente de Natan.

Quería pensar como él, entender su razonamiento, sus últimas ideas. Esa era mi oportunidad para hacerlo.

9

NO SENTÍ NI VI NADA. ¡Mi cabeza estaba en blanco!

Me dije que tal vez el asesinato de este chico no tenía que ver con su parte racional, sino afectiva, tal vez estuviese enamorado del asesino, si es que lo conocía. Eso se correspondía con lo que yo había experimentado al entrar en la habitación de la piscina.

Bajé mi mano y lo toqué a la altura del corazón para intentar captar las emociones que lo embargaban en vida. Nada tampoco.

Todavía me quedaba una opción: tocar la cicatriz. Eso me dijo una voz dentro de mí.

Sentí la piel de mis brazos erizarse. Y, a la vez, mucho calor.

La ópera de Juana de Arco comenzó a sonar más alto.

Me preparé para ver cosas horrendas, propias de la oscuridad. Recordé la desesperación del padre de Natan y su sentimiento de culpa. También los ojos disímiles de Wendy y su boca diciéndome que sabía por qué habían asesinado a Inger. Las casas destruidas, la niebla, la imagen del tornado y del bar de aquella noche, el círculo de sangre en el piso junto al mensaje «Todo está hecho», la fotografía de los niños en la habitación de Braun y la imagen de una taza de café. Todo eso venía a mi cabeza de una forma desordenada, como un *collage* de imágenes inconexas, al tiempo en que mi mano se dirigía al hombro de Natan.

Mis dedos, al fin, tocaron la cicatriz, justo la cabeza de la serpiente.

Pero yo estaba seca, desprovista de lo que hasta ese momento había sido mi habilidad secreta. ¡Era incapaz de ver algo! Sentí que la oscuridad me había vencido.

Lilian me habló, sacándome de mi desconcierto.

—Se ha difundido lo del puñal y el tatuaje de Inger Braun. Es cierto que debe haber un informante de la prensa entre nosotros. He puesto una alerta de Google y hace minutos me avisó de que un portal de noticias ha dicho que la Policía cree que el asesino de Inger Braun pertenece a una secta que utiliza serpientes y árboles entre sus símbolos principales. ¿Puedes creerlo? Es como si contaran con información, pero no precisa. Quiero decir, que en ninguna parte han mostrado la foto de la empuñadura de la daga, ni mucho menos de los tatuajes. Yo respondo por la confidencialidad de mis cadáveres, así que de aquí, de este edificio, jamás sacarán información alguna, pero debe haber alguna fuga en otra parte del Departamento… —expresó molesta.

Entonces, pensé en Ender.

Como un rayo, vino a mi mente su cara. Ender sabía eso, que Anne buscaba a un experto en empuñaduras con serpientes grabadas. Tal vez mi compañera también le había dicho lo del árbol. Anne estaba totalmente captada por ese vínculo con Ender. Allí podría estar la filtración de la información de la que hablaba Lilian. No sé por qué recordé a Lorna, la chica claustrofóbica del sótano de mi edificio, la noche del tornado. Tal vez porque, para mí, Anne estaba cautivada por ese nexo con Ender, aunque no lo supiera. También era una forma de estar atrapada no darse cuenta de que era un error confiar en alguien que, para mí, estaba obsesionado con ella.

¿Era solo eso lo que me molestaba o inconscientemente pensaba que Ender tenía algo más que ver con los asesinatos?

La música de la obra de Juana de Arco cesó de repente y la puerta de la sala de autopsias se abrió.

Era Anne. Sus ojos estaban enrojecidos. Llevaba una pluma negra entre las manos.

10

—¿Qué te ha pasado, Anne? —pregunté.

Creo que Lilian también dijo algo similar al mismo tiempo.

—¿Por qué? ¿Por esto? —preguntó señalando la pluma—. Ha sido un pobre pajarillo que ha muerto al chocar con el parabrisas del coche. No quise dejarlo allí. Lo puse al pie de un árbol, en la acera. Luego vi esta pluma sobre el capó del coche y la tomé. Es tan descorazonador que las vidas se acaben así, y nadie las recuerde.

Definitivamente, todas estábamos cambiadas; Lilian mística, Anne vulnerable y yo en blanco.

—Todo lo que ha pasado me ha afectado, es verdad. Pero tengo los ojos enrojecidos, no por llanto ni tristeza, sino por el desgraciado polvo que ha caído encima de las calles de Wichita —completó.

Mientras hablaba, se acercaba a mí. Terminó justo a mi lado. Entonces miró el cadáver de Natan Hapgood.

—Tenemos que encerrarnos en la sala de reuniones a pensar, Alexis. Rossy ya tiene información sobre la vida de los

Braun y algo sobre los Hapgood. De un momento a otro debe venir Gideon Hapgood. Me extraña que aún no lo haya hecho. Si uno de mis hijos estuviese aquí, yo no podría estar en otra parte —dijo.

Noté un ligero quiebre en su voz.

—Con lo poco que contamos, debemos trazar las líneas de investigación a seguir. Tengo la impresión de que este asesino no va a detenerse —culminó.

Yo pensaba lo mismo.

—Es hábil. No tenemos pistas. Además, el ambiente postornado es perfecto para la comisión de sus crímenes; los Departamentos están al borde y hay mucho que hacer en la ciudad. Mira este edificio. Está vacío y es primera vez que no aparece ni siquiera el agente de la vigilancia. Todo está trastornado. La gente está alterada, hasta yo misma lo estoy. Cuando me dirigía aquí, vi a una mujer bajarse de su coche y maldecir al conductor que estaba delante de ella, simplemente porque el hombre no avanzó cuando el semáforo lo indicaba. Es como si hubiésemos cambiado para siempre y ya nada…

—Volviera a ser igual —completé.

En ese momento, una persona entró en la sala y se detuvo muy cerca de la puerta.

Ninguna de nosotras escuchó sus pasos ni nos percatamos de su presencia, sino cuando ya estaba allí.

—¡Trudy! ¡Pero si no has cambiado nada desde la última vez que nos vimos…! Hará, ¿cinco años? —preguntó Lilian.

—Hola, Lilian —respondió la capitana Trudy Malick en tono ligeramente afectuoso. Luego nos miró a Anne y a mí.

Al interior de la sala de autopsias la veía un poco diferente. Su pelo no brillaba tanto como cuando la conocí. Pude observar mejor sus rasgos faciales; eran definidos, con los pómulos marcados y la barbilla angulosa. Me pareció de ascendencia anglosajona. Tenía una cara singular, difícil de olvidar. Pudo haber sido el modelo para una escultura que quisiera representar a la mujer decidida, autosuficiente. Algo en sus ojos y en la forma de su nariz daban esa impresión.

—Buenas tardes —dijo Anne.

—Detectives —respondió Malick en señal de saludo—. He venido hasta aquí porque tengo que mostrarles algo.

Fue cuando me di cuenta de que llevaba consigo un morral a sus espaldas.

Adiviné que lo que fuera que la había llevado hasta allí estaba contenido en él.

La mujer, con agilidad, llevó el morral delante de su cuerpo, sosteniendo con una mano su peso, mientras que con la otra, abrió y sacó un objeto.

Lo que mostró era lo que menos me esperaba ver.

11

DE SUPERFICIE RUGOSA Y NEGRA. De borde dorado. Una cinta roja sobresalía de una de sus páginas. Se trataba de un libro.

—Durante la remoción de escombros en la casa de la calle Madison en Sunnyside, cerca de la casa de Inger Braun y de Rossy García, encontramos esto. Yo misma lo hallé durante una maniobra de incursión y salvamento. Quiero mostrárselos.

Eso último lo dijo como pidiendo que saliéramos de allí a un lugar donde pudiéramos ver el libro.

—Puedes usar mi oficina, Anne —propuso Lilian desde donde se hallaba, lavando unos objetos.

Anne asintió porque ir al Departamento —a la oficina de Anne o la mía— hubiese significado perder unos minutos. La personalidad de la capitana Malick imponía una sensación de urgencia, de efectividad. Era como si siempre estuviese ocupada y retenerla más de lo debido no fuese lo correcto.

Noté que Trudy Malick miró con extrañeza la pluma negra que Anne aún tenía entre las manos. Anne también debió notarlo, porque la llevó a uno de sus bolsillos y la guardó. Entonces, una idea apareció de repente en mi cabeza. Más bien un recuerdo:

¿No había visto yo una pluma como esa cerca de la puerta de casa?

Pero aquella había sido producto de mi imaginación, me dije.

Eso me intrigó, pero reconozco que aún más me intrigaba lo que había llevado a Trudy Malick allí, y ese libro negro que sostenía entre las manos.

Salimos de la sala de autopsias y buscamos la oficina de Lilian. Quedaba a pocos pasos, solo cruzando el corredor. Entramos. Allí había una mesita circular junto al escritorio de Lilian.

Invitamos a la capitana Trudy a sentarse. Así lo hizo y puso el morral en la silla de junto. Anne y yo también nos acomodamos, y aguardamos. Malick puso el libro que traía en sus manos sobre la mesa. Lo abrió en la página que estaba marcada con la delgada cinta roja.

Se trataba de un libro de ilustraciones, por lo que pudimos ver. Era antiguo. De factura manual, sin edición alguna. Cuando me acerqué sobre lo que Trudy Malick mostraba con el dedo, supe que no había lugar a dudas. Era una ilustración que ocupaba el centro de una página con manchas amarillentas. Había un recuadro, y dentro de él estaba la imagen de la serpiente y el árbol. Parecía haber sido hecha con tinta china. El nivel de precisión y detalle de las formas era impresionante. Estaba la serpiente con la boca abierta, serpenteando en el tronco de un árbol que mostraba escasas ramas. Era la misma de la empuñadura de la daga y de los hombros de las víctimas. La que se estaba formando en mi hombro. Entonces, viendo la ilustración que mostraba el dedo de la capitana Malick, fue cuando tomé conciencia de que esa imagen era mi sentencia de muerte.

—¿Cómo ha sabido usted que esta imagen es de interés para nosotras? —le pregunté.

Creo que estaba esperando esa pregunta. Me miró satisfecha.

—Porque he visto las noticias. No han mostrado ninguna imagen, pero han dicho que ustedes buscan una secta asesina cuyos símbolos son una serpiente y un árbol. Y este libro tenía un lugar especial en la casa que les he referido. De hecho, creo que estaba dentro de una caja fuerte. El lugar quedó destruido y el bibliotecario ha resultado muerto con el paso del tornado. Era un hombre mayor, llamado Ian Kedler, de ascendencia irlandesa y regente de una pequeña biblioteca de libros antiguos que se ubica en el centro cultural, cerca del Museo de Ciencias Naturales. Entré en ese lugar y vi su cadáver. Me pareció que pretendía proteger este libro. Debajo de lo que quedaba de su cuerpo, y cerca de una caja fuerte abierta, estaba este objeto. ¿Por qué alguien iría a proteger un libro de grabados como si fuese un ser vivo, una persona o una mascota? No tiene sentido —reconoció Malick—. Y las cosas que no tienen sentido suelen resultar reveladoras.

Ahora veía a una mujer diferente, reflexiva. Como si la máquina que hasta ese momento me había parecido adquiriera una mayor dosis de humanidad.

12

—Me parece que tiene razón —dijo Anne.

—¿Me permite? —pregunté al tiempo en que tomaba el libro y lo analizaba. Hojeé varias de sus páginas. Había otros grabados. Ninguno con serpientes. Algunos pájaros y dragones. También cabras y caballos. Varias páginas estaban en blanco. Constaté que no había ni una sola letra en él, ni nada que identificara al autor. Parecía muy antiguo. Entonces miré la última página. Allí había un escudo, y bajo las figuras y la corona que encerraba sí pude identificar varias letras. Conformaban un apellido que yo conocía.

Se lo mostré a Anne.

—Hausmann. Eso es lo que dice…

—Sí —le respondí.

—Casi lo olvido. Dentro de sus páginas también había una hoja con otro dibujo. La he guardado —dijo Malick. Luego rebuscó en el morral y sacó el papel. Lo puso sobre la mesa.

Era el *Hombre de Vitruvio*.

—Al menos, esto sí lo conozco. No es el de Leonardo da

Vinci, claro está. Es un poco diferente, pero parece representar lo mismo, las proporciones del cuerpo humano.

Yo la escuchaba hablar, pero una sensación de pánico me invadió. Sentí náuseas. Era la misma figura de la moneda que había dentro del vientre del hombre que amé, también la de las últimas visiones y sueños que tuve. Ahora no podía aferrarme a la idea de que la oscuridad no estaba tras los asesinatos. Al menos, esas muertes sí estaban relacionadas con ella. ¿Por qué el apellido de Sebastian estaba escrito en ese escudo?

Cogí mi móvil y tomé una foto.

—¿Ha logrado saber algo más del bibliotecario? —pregunté. Me pareció que Malick se dio cuenta de que algo me pasaba.

—No. Vivía solo. Nadie ha respondido al aviso que hemos dado de su muerte, hasta que me informé sobre eso, hace poco tiempo.

—Debemos quedarnos con esto. Ya nos encargaremos de hacer seguimiento a lo que corresponda. Muchas gracias por haber venido. Como dice, es llamativo que ese hombre protegiera este objeto. ¿No pudo ser algo casual que su cuerpo estuviese junto al libro? —preguntó Anne.

—No me lo pareció —respondió la capitana Malick con discreción.

Luego se levantó. Se despidió y se marchó. Tuve la impresión de que antes de dejar la sala iba a decirnos algo más, pero no lo hizo.

—HAUSMANN... Mira qué casualidad —dijo Anne—. El apellido de Sebastian, el policía de policías que siempre aparece rondándonos. Según Lilian, es de las familias más antiguas del centro del país. Y muy poderosa además. Si es pariente de Donovan Hausmann, entonces sí que lo es. Ese apellido no es tan común. Podría valer la pena que nos comunicáramos con él. Tal vez sepa algo de este libro —sugirió.

No había pasado nada entre nosotros, pero ese hombre me gustaba. Solía evitar lugares y eventos donde pudiera verlo porque no deseaba avanzar en lo que consideraba inevitable, que la relación escalara. La última vez que lo vi fue cuando volvimos juntos de Dakota del Sur, después de resolver el caso en Badlands Loop. Pero lo que decía Anne era cierto. Había que llamarlo.

—Tengo su número en el móvil —dije.

Acto seguido, lo busqué y marqué.

Anne se levantó y tomó el libro y la hoja con el *Hombre de Vitruvio* mientras hacía la llamada. Lo miró un par de segundos con cara de interrogación.

—Iré a la oficina. Te espero allí. Ya he convocado a Rossy —me dijo y salió.

En ese momento, Sebastian atendió.

—Hola.

—Soy Alexis Carter —dije.

—Lo sé —respondió e hizo silencio.

—Estamos llevando a cabo una investigación, y en un objeto de interés hemos encontrado un escudo con tu apellido. Tengo una foto de él.

—Ya. No es necesario que me la muestres. Mi familia usaba esos símbolos heráldicos en algún momento de la historia —respondió.

—El asunto es que el objeto en cuestión está en un libro antiguo de factura manual, sin editar. ¿Eso tiene sentido para ti? —interrogué.

—Mi tío Mark, que ya murió, era restaurador de libros antiguos y coleccionista de grabados valiosos.

—¿Conocía a un hombre apellidado Kedler?

—No lo sé, pero me atrevería a dudarlo. No era muy sociable. Antes de morir, donó parte de su colección más preciada a la ciudad, creo que a fundaciones o bibliotecas especializadas. También puede que lo haya hecho a personas particulares, pero como te digo, no era reconocido por su habilidad social. No solo los libros, también las monedas. ¿Qué es lo que pasa con ese libro?

Esas dos palabras, «las monedas», provocaron una avalancha en mi cabeza.

—¿Qué clase de monedas?

—Medievales —respondió—. Decía que la historia de la humanidad se condensaba en las monedas. Pero no me has respondido. ¿Por qué te interesa el libro con la bonita heráldica de mi familia?

—No lo sabemos con certeza. Estamos en ello. ¿Eras

cercano a tu tío? Como para saber si tenía alguna predilección por cierto tipo de dibujos.

—No. Lo siento —me respondió—. Puedo ir al Departamento, si quieres. Ahora mismo estoy en la ciudad. Tal vez a mirar, a ver si recuerdo algo. Solo iba a su casa en celebraciones especiales. Él se comenzó a comportar más huraño, pero de chico sí le hablaba un poco más. Puede que en mi cabeza salte algún recuerdo con el estímulo adecuado.

No me parecía buena idea verlo. Estaba segura de que bajo sus palabras yacía un doble sentido, que había querido decir que yo podría ser un estímulo adecuado para él.

—Está bien. No es necesario por ahora. Si lo consideramos, te avisaremos. También si vemos conveniente visitar el domicilio de tu tío. ¿Vive alguien en él ahora? —le pregunté.

—Yo —me respondió con simpleza.

14

Terminé la conversación con Sebastian.

Me dirigí al Departamento, a la oficina de Anne. No podía negar que haber escuchado su voz me había emocionado. Me sentí como una adolescente por unos segundos. Luego las sombras volvieron a caer sobre mí. La ventisca helada y los copos de nieve comenzaron a caer sobre mi pelo y mi abrigo, y fue como si me devolvieran a la realidad: un asesino sanguinario operaba en la ciudad enrarecida, yo creía que bebía sangre y, además de eso, no sabía nada de él. Solo lo de su fijación con la figura de la serpiente.

Entré en el edificio y mi cuerpo se estremeció al sentir el cambio de temperatura del ambiente. Caminé por el corredor. Se escuchaban más voces que de costumbre, a un tono más alto. Todavía se percibía en el ambiente el caos, la actividad sobre la marcha.

Varias personas me pasaron por el lado. Eran desconocidas. El ruido de la máquina de café me pareció muy fuerte. Recuerdo que pensé que estaba en un callejón sin salida. Solo contábamos con un libro del que nadie parecía poder hablarnos. Lo de las monedas medievales del tío de Sebastian me había inquietado. La ilustración renacentista de El *Hombre de Vitruvio* se basó en las mediciones de un arquitecto de la antigüedad, cuyos tratados también fueron muy conocidos y empleados en la Edad Media.

Cuando estaba pensando en eso, escuché la puerta que conduce al exterior abrirse y supuse que Gideon Hapgood había llegado. Volteé, pero se trataba de una mujer que no conocía. Vestía de uniforme y a su lado había un niño. Las facciones delataban que era su hijo. El chico se sacudía sobre los hombros con sus pequeñas manos. Tenía la nariz enrojecida.

Entonces, me di cuenta de algo, del significado del nombre de la segunda víctima. Natan significa «regalo de Dios».

Hapgood podría ser un hombre creyente también y por esa razón llamó de esa forma a su hijo. He sido una tonta. El hecho de que sea científico no excluye las creencias, el dogma.

Caminé más rápido y llegué a la oficina de Anne.

Me esperaba.

Estaba con Rossy.

Ella miraba por la ventana, de pie, frente al cristal. Supuse que miraba la nieve caer.

No tenía las ideas claras, pero algo se preconfiguraba en mi cabeza.

—¿Natan Hapgood tenía hermanos? —le pregunté a Rossy antes de saludarla siquiera.

—Sí, uno. Él era el mayor —dijo sin voltear.

—¿Y Braun? ¿Inger Braun? —volví a preguntar.

—Un hermano. Ella era la mayor —respondió Rossy.

—Anne, las plagas de Egipto… Una de ellas era la muerte de los primogénitos, ¿verdad? —le pregunté.

—Sí. La última —me respondió arrastrando las palabras. Se encontraba sentada en la silla del escritorio.

—¡Están matando a los primogénitos! Alguien está asesinando a los hijos primogénitos de personas que se han enfrentado a una especie de cofradía, de secta asesina que emplea los símbolos de la serpiente y el árbol. Eso creo —les dije.

No podía hablarles abiertamente de lo que temía, pero esa explicación me pareció racional, convincente.

Yo también era una primogénita, y eso sumaba más a mi teoría.

En ese momento, escuchamos un golpe fuerte contra el cristal de la ventana.

Rossy cubrió su rostro y gritó.

15

—Solo es un pájaro —dijo Anne—. Ahora chocan contra todo —agregó.

Rossy llevó sus manos a la altura del corazón.

—Estoy muy nerviosa aún —se justificó.

—Es una idea, lo que dices… Es más urgente entonces que hablemos con Gideon Hapgood. ¡Es incomprensible que no haya venido! Tendremos que ir por él. Su ausencia me hace pensar en si no tendrá algo que ver con lo sucedido —dijo Anne.

—¿Su propio padre? —preguntó Rossy.

Me pareció que actuaba como una niña ingenua. Era como si la oscuridad hubiese logrado que todos agrandáramos nuestros defectos; Rossy era algo infantil, pero ahora la veía incluso vulnerable, como una chica de seis años, espantada ante las intenciones asesinas de algunas personas, como si no trabajara en una institución que se dedicaba a resolver crímenes.

O tal vez era yo. Era mi perspectiva la que estaba descontrolada, me dije.

—Sí, Rossy. Pasan cosas así y las hacen quienes menos piensas —respondió Anne en tono maternal, aunque con un pequeño dejo de hastío.

Fue la primera vez que sentí que alguien cercano a nosotras era peligroso. Como si de alguna manera no solo yo, sino todas, estuviésemos en peligro. Comprendía la necesidad urgente de hablar con Gideon Hapgood y con Wendy Tandy; sin embargo, sabía que la oscuridad era demasiado para mí, para Anne, para Rossy, para la jefa Tonny. En realidad, la oscuridad era demasiado para todo el cuerpo de policía...

—Sí, tienes razón, necesitamos una pista. No sabemos a qué otro primogénito podrían asesinar. Rossy, busca los datos del mejor experto en simbología de dagas, en serpientes y lo que se le parezca, quiero al mejor semiólogo del país. Cuando lo encuentres, avísame. Hablaré con la jefa Tonny. Aunque esté en Groenlandia, daremos con él. Ender me habló de uno, pero no confío del todo en su criterio. Menos ahora que... Es igual. Confió más en ti. Date prisa —dijo al tiempo en que se levantaba, ponía su arma en el cinto y tomaba la chaqueta. Parecía volver a ser la mujer de acción y cabeza fría de siempre—. Alexis, ¡vamos a la casa de Gideon Hapgood de inmediato! Que ese hombre no esté aquí me da muy mala espina.

Salimos de la oficina.

Cruzamos el corredor sin detenernos. Anne ordenó, sin disminuir el paso, que dos agentes nos siguieran. También dijo a la chica de la recepción que si el padre de la víctima Natan Hapgood llegaba, nos avisaran de inmediato.

Subimos a su coche. Condujo con destreza, incluso activó el dispositivo luminoso.

En menos de quince minutos estuvimos en la casa de Hapgood. Era como si Anne hubiese despertado de un letargo que ni siquiera había percibido que padecía. Yo también quería despertar, quería comprender algo de las víctimas, de la identidad del asesino. Deseaba reponerme de la niebla que había en mi cabeza.

Nos bajamos del coche y nos dirigimos a la puerta principal de la casa. Era una edificación de tres pisos, con grandes ventanales y de construcción moderna. Distaba de las casas vecinas por al menos diez metros.

No había nadie en esa calle. Tampoco en el frente de la vivienda.

Nos acercamos y tocamos. No escuchamos ningún sonido. Miré la ventana del lado derecho de la puerta. Experimenté como un llamado, como si algo o alguien me indicara que debía llegar hasta ella y observar. Eso hice.

Anduve hacia allá. Mientras lo hacía, me odiaba por no haber seguido con más premura a Gideon Hapgood. Sentía que los sucesos se estaban desarrollando con suma rapidez y que Anne y yo habíamos sido muy lentas. Pero escuché la voz de mi abuela Denisse en mi cabeza. Me decía que tenía que confiar en mi «valía». A ella le gustaba usar esa palabra. Lo recordé de pronto, como si me hubiese hablado pocas horas antes.

Entonces, de repente, me di cuenta de que la imagen de los dos niños de la fotografía que estaba en la casa de Inger me la recordaba a ella, a mi abuela Denisse. No eran los chicos lo importante, sino el fondo, lo que estaba detrás de ellos. La imagen de la jaula dorada y reluciente que mi abuela tenía en el jardín y las flores enroscadas en torno a ella, unas muy particulares. ¡Eran las mismas que se podían ver en la foto, y ahora lo había recordado! ¡Esa fotografía de Braun fue tomada en la casa de mi abuela cerca de su rosal! Por eso, lo que había dicho Wendy sobre la opinión que mi abuela tenía de Daniel Braun debía ser cierto y no una equivocación, como ella intentó hacerme ver.

Sentí como la adrenalina se apoderaba de mi cuerpo cuando llegué junto al cristal.

Al principio no vi nada, pero luego comprendí que era demasiado tarde…

16

—————

—Hay sangre en el suelo —constató Anne.

Ella había venido tras de mí.

Ambas desenfundamos las armas. Tanto ella como yo poseíamos la misma convicción. Gideon Hapgood estaba muerto, asesinado...

Dimos la vuelta a la casa y encontramos que una puerta-ventana de la parte lateral derecha estaba entreabierta. Una cortina blanca salía y entraba de ella, movida por el viento. Toqué la superficie metálica para correrla. Entramos. Todo estaba en silencio.

Había una hoguera encendida en la sala. Sus llamas avivadas daban a la estancia una sensación de calidez que en cualquier otro momento hubiese resultado agradable, pero que allí lucían aterradoras. Era como si la seguridad que debía reinar en un hogar se hubiese visto contaminada, adulterada por la garra de la oscuridad, de esa bestia oculta que yo conocía.

Dimos varios pasos más. La sangre en el suelo estaba en el

área del comedor. Quien se hubiese desangrado ya tendría que estar muerto. Era demasiada.

Anne y yo nos separamos.

Yo tomé hacia la izquierda de la casa. Allí había un corredor que mostraba al final una puerta blanca, cerrada. El silencio en aquel lugar, solo interrumpido a ratos por el rugir de la hoguera, nos indicaba que allí no había nadie más.

Esperaba encontrar un cadáver. Caminé hacia la puerta blanca y la abrí. Era una sala de baño. La cortina estaba corrida. Di un paso, y otro, sin hacer ruido. Abrí.

No había nada.

Escuché pasos que provenían del corredor.

Volteé.

Era Anne.

—Aquí no hay ningún cuerpo, Alexis. ¿Por qué lo heriría y lo desangraría aquí para llevarse el cuerpo? No tiene sentido. Está cambiando su *modus operandi*. Es como si estuviese evolucionando…

—Tal vez no es eso. Quizás se esté alimentando…

La misma imagen de las ratas devorando los pájaros negros volvió a mi cabeza. Y el círculo ensangrentado junto a la piscina, en la escena del crimen de Hapgood. El asesino podía ser un devorador de personas, de carne humana, y había empezado por consumir la sangre.

¿Qué era lo que encerraban las vidas de los Braun y de los Hapgood para que ambas familias fueran blanco de su instinto asesino, para querer alimentarse de su sangre? Fue la primera vez que me dije que tal vez el asesino necesitaba eso para obtener fortaleza, para mantenerse fuerte y vital. Así como…

17

ANNE INTERRUMPIÓ MIS PENSAMIENTOS.

—He pensado lo que has dicho de los primogénitos. ¿Pero por qué de ellos? Tiene que haber una conexión entre los Braun y los Hapgood. Tenemos que volver a la oficina e investigar. No estamos pensando bien, Alexis —me dijo.

—Tienes razón. Debemos concentrarnos y analizarlo —respondí.

—Llamaré a la jefa Tonny. Le informaré lo que hemos hallado aquí. Deben venir los forenses —agregó.

Después se alejó un poco de mí y salió de la sala de baño. Entonces, me fijé que en esa habitación había una ventana sin cortinas. Caminé hacia ella y miré al exterior. Vi a una mujer vestida de blanco. Era un vestido vaporoso. Me hizo recordar las películas de época. Estaba de pie, mirándome. Pero su cara estaba quemada, deformada. No podía distinguir bien el contorno de sus ojos ni sus rasgos. Era delgada y alta. No tenía pelo. El contorno de su cabeza parecía desdibujado, borroso. Estaba como a quince metros de distancia de la casa.

Dio varios pasos hacia adelante. Se hallaba junto a una

rosaleda, y de repente comenzó a correr en dirección a la casa, hacia mí. Levantó uno de sus brazos y me señaló. Sus manos y el resto de su cuerpo parecían intactos, pero su rostro era espantoso. La boca y la nariz eran un amasijo, una figura amorfa.

Se acercaba corriendo. Lancé una exclamación.

Cuando estuvo como a dos metros de distancia de la ventana, se evaporó.

Me dije que estaba perdiendo la cordura. ¡Ella no podía ser real! ¿Por qué me señalaba? ¿Me acusaba de algo?

En el fondo, sabía lo que me pasaba.

Mi historia familiar, lo que hizo mi padre, podía caer sobre mí como un designio. No quería aceptarlo, pero sabía que lo que ocurría tenía que ver conmigo. Me dolía pensar en eso y me había convencido a mí misma de que lo mejor era no abrir las heridas de mi pasado, pero todo lo que estaba ocurriendo parecía que me llevaba a hacerlo.

En ese momento, Anne volvió. Ni siquiera le dije lo que había visto. ¿Una mujer con el rostro quemado y desfigurado corría hacia mí y me señalaba? Anne podía tener la mente abierta, pero esto sería demasiado. Pensaría que había enloquecido.

—Listo. ¿Nos vamos? —me preguntó—. Los agentes que custodiarán la escena hasta que llegue el equipo forense están llegando —completó.

—Vamos entonces —le respondí.

Después, en un impulso, toqué su brazo. La detuve.

—Tengo que decirte algo, Anne —confesé.

Me miró sorprendida y, sin pensarlo, tocó la medalla de su cuello, otra vez.

—Desde hace un tiempo he querido dejar de ocultártelo. Desde niña tengo una capacidad superempática que me permite percibir cosas en las personas. Sus recuerdos, sus miedos. No es algo agradable, te lo aseguro. Al principio todo es muy confuso, y de repente las cosas comienzan a aclararse. Y esto, que no es un don y que muchas veces veo como un lastre, me permite llegar a conclusiones útiles. Me ha servido en mi trabajo como psicoterapeuta y también ahora como detective.

Hice silencio. Anne sonrió. Hizo un gesto difícil de descifrar, pero yo sentía que me libraba de un gran peso.

18

—Una vez salvaste mi vida. Y lo he pensado mucho. La única forma que tuviste de encontrarme cuando ya me sentía perdida era que tuvieras un don, algo especial. Ahora lo confirmas. Me preguntaba cuándo me verías como una persona confiable, tanto como para decírmelo.

Eso era lo especial que había en Anne, ella era capaz de aceptar las cosas tal como eran. Sobre todo cuando quería a las personas.

—No pretendo preguntarte cómo funciona esa capacidad que dices tener. Seguro no entendería ni la mitad. Soy una persona simple y hay algunas cosas que no me interesa conocer, porque me complicarían la existencia —dijo y volvió a sonreír.

—Gracias, Anne —le dije de corazón.

—Pero si me has dicho eso en este momento es porque algo más te preocupa… —agregó.

—Sí, Anne. Me preocupa esto —le dije y desabotoné mi blusa, lo suficiente para que pudiera ver la cicatriz en mi hombro.

Ahora se mostraba con total claridad. La serpiente y el árbol.

Anne agrandó los ojos y permaneció en silencio unos segundos. Luego me miró a la cara.

—Estás en peligro, Alexis. Esto… lo cambia todo.

—¿Qué cambia?

—El rumbo de la investigación. Debemos priorizar el estudio de los tatuajes y de esa imagen. También analizar si tienes algo que ver con Braun y con Hapgood. ¿Es que hay algo en tu pasado que tenga que ver con ellos? ¿Qué hacía tu padre? —me preguntó.

Me di cuenta de que tenía que continuar siendo sincera con ella.

—No lo sé, Anne. La persona más significativa para mí en mi infancia fue mi abuela Denisse. Ella me enseñó el valor del cariño, de la protección. No tengo gratos recuerdos de mi padre. Mi madre era una persona infeliz. Eso sí lo recuerdo. Y mi padre…

—¿Qué pasa con tu padre? —preguntó Anne con apremio.

—Él mató a mi madre —le respondí.

Era la primera vez que confesaba eso a alguien. Me embriagó un sentimiento de muerte. Debí haber sentido lo mismo cuando a los cinco años llegué a casa y encontré a mi madre muerta. Mi cabeza había querido borrar eso de mi memoria, y lo había logrado hasta que se lo conté a Anne.

—Qué…

—Así es, Anne, mi padre, Kilian Carter, es un asesino. Y está preso por el crimen que cometió hace veintinueve años. Mató a Sophie Marian Majors cuando ella tenía veinticinco años. Sophie era mi madre…

PARTE III

1

Era una noche nublada del mes de noviembre, en 1945.

James estaba con ella en el bote. Nadie más.

Le había puesto una trampa al pedirle que bajara con él a la playa y le había golpeado la cabeza. Ahora se encontraban navegando en completa soledad.

Su marido había decidido matarla.

La razón era sencilla: se había enterado de la aventura de ella con Roddy. La había descubierto. Así todo quedaba despejado y encajaban las piezas. Ahora James era su enemigo y, cada uno en su puesto en ese bote, estaban ahí para enfrentarse. Ella se dio cuenta de que ese momento era el más sincero en la vida de ambos, el único en el cual estaban realmente solos.

«Ahora solo culminará mi destrucción completa, mi total exterminio. Siempre he sabido que estar con él, casarme con él, fue el peor error de mi vida. No sé cómo pude equivocarme tanto…», se dijo la mujer.

Pensó que él, desde siempre, la había condenado a la sumisión, al cautiverio, la había convertido en un ser servil.

Pero ahora que se encontraba al borde de la muerte, estaba segura de que podía ser diferente. De una manera extraña, se sentía muy libre, ya que él también había decidido dejar de fingir.

—Mira las estrellas. Siempre te gustaron. Será la última vez que las verás. Las últimas veces son mucho mejores que las primeras. Sé cuánto odias las manchas de sangre, la dispersión y la violencia. No en vano te traté profesionalmente, y sabes que soy muy bueno en mi oficio —dijo James.

Luego quitó unas partículas de polvo imaginario del borde del bote, agitando grácilmente la mano sobre él con aire teatral.

—Nunca había conocido tanto a alguien a quien mataría. Lo que intento decirte es que he respetado tu horror a los desastres sangrientos, y por eso no saldrá ni una gota de sangre de tu interior, ni mancharás en absoluto esa blusa blanca que te queda tan hermosa.

James extendió el brazo y tocó con la punta de los dedos el borde de la manga de la blusa que acababa de alabar.

—Al contrario, el agua entrará dentro de ti y te pondrás azul. Creo que es tu color preferido, pero para nada sangrarás. Siempre me dijiste que valorabas mi alta consideración de los gustos de los demás. Espero que esa amarra que he puesto en tus muñecas no esté muy ajustada. No queremos que te llenes de marcas ni de moretones molestos. Me he prometido eso. Te lanzaré al mar helado, pero por fuera te verás hermosa.

Ella callada, lo miró, y vio como sus ojos parecían dos pozos negros. Pensó que debía renunciar a su alocada imaginación ahora que era el final. Había sido una mujer nerviosa, de gran imaginación, según la describió su marido, que ahora se iba a convertir en su asesino. Intentó hablar, pero no pudo.

Su lengua estaba dormida. Como en los sueños que de chica tenía.

—La muerte llega de noche… ¿Recuerdas la película? —preguntó él.

Aunque no quería, la recordó. Aunque quería devolver el tiempo y no entrar en aquel consultorio frente a la plaza, no pudo evitar recordar la sala de cine, su olor característico, la emoción de salir con Roddy, a quien había conocido una tarde que decidió ir al cine sola, y su amado, que entre toda la gente que en aquella sala se veía reducida a perfiles oscuros, era quien había llamado su atención. Y lo había hecho para siempre.

—No puedes quejarte, ya que te estoy ofreciendo una versión maravillosa de tu muerte, una puesta en escena bastante romántica. ¡Estás más blanca que un cadáver, amor! Y todavía no lo eres. Yo sabía que guardarías la compostura y que no te torcerías de una forma morbosa, ni te pondrías a llorar como una niña. Supongo que estarás de acuerdo conmigo en que esto no es una injusticia. Ya conoces los castigos recurrentes en la historia en relación con la infidelidad. Y eso, amor mío, es tan viejo como el mundo. Tú lo debes saber, porque la venganza y los celos son el tema favorito de las tragedias —le dijo.

Él se acercó nuevamente y le tomó la cara, apuntándola en su dirección. Ella sintió sus dedos blandos y calientes. Le acarició el rostro y le rozó la pestaña del ojo derecho. Después volvió a sentarse en la madera del bote, un poco más lejos. Eso fue un alivio para ella.

—Vislumbro tu asombro. Nunca pensaste que yo fuera esa clase de hombre, pero uno siempre guarda una «puerta trasera». Eso, para tu sorpresa, porque siempre te quejabas de que era un hombre muy predecible.

James encendió un puro que sacó del bolsillo de su abrigo.

Lo disfrutaba con exageración.

Ella no podía creerlo, pero, a la vez, lo creía por completo. Una razón ambivalente se había despertado en su mente. Estaba conociendo la sombra oculta de su marido, quien, poseído por uno de los fantasmas más antiguos de la historia, los celos, estaba a punto de ahogarla. Lo había planeado muy bien, el viaje a ese lugar, su espléndida compañía. James era un hombre inteligente, mucho. Eso quizás era lo que a ella la había seducido estando tan joven.

James expulsó una bocanada de humo que se perdió en el aire, y que le entregó a ella el olor de la picadura, marchito y dulzón, mientras de fondo escuchaba el agua moverse. Sintió que el aire se acababa en sus pulmones y por primera vez el latido de su corazón era más fuerte que el ronquido de las olas. Se sintió mareada. Se dijo que, además de golpearla, James también la había narcotizado, tal vez con el vino.

—¿Sabes? Medité mucho el asunto cuando te descubrí aquella noche, cuando supe que venías de hacer el amor con él. Tu lejanía, tu indiferencia hacia mí, tu disimulo hizo que me decidiera… Si supieras cuánto me gustaste, cuánto me gustabas…

Continuó fumando, callado, mirando el agua oscura y la orilla, que a ratos mostraba luces entre la niebla. Al cabo de unos minutos, que pesaron centurias para ella, James continuó hablando.

—Desde aquel momento, hemos tenido lo que hubiese dicho mi padre, solo un «diálogo de besugos». No me gusta la debilidad, la estrechez, y eso significas para mí, porque estoy seguro de que hubieses terminado por abandonarme.

Terminó con el puro y lo tiró por la borda. Ahora parecía estar más cerca el momento en el cual la empujaría. La vería morir.

¿Con cuánto tiempo contaba ella? Cuánto tiempo para

que todo terminara…

—Entonces decidí matarte. Tu problema, querida, es que nunca te gustaron los planes y siempre me acusaste de ser una máquina radical, diciendo «tienes a todo el mundo como una maquinación». Pero quien no se transforma en máquina tiene muchas probabilidades de terminar como lo has hecho tú aquí, subida en un bote en medio de un mar que detestas, a punto de ser asesinada por un conocido, y no cualquier conocido. ¿Cuántas mujeres han muerto a manos de sus maridos? Es una estadística que me gustaría conocer… —confesó James con sorna.

Ella comenzó a ver a la figura de su marido borrosa.

«No está mal que lo reduzca a una sombra, a un reducto oscuro tal como el hombre abominable que es. Un verdadero genio maligno con un buen disfraz que ha engañado a todos».

Eso se dijo. Sentía piedras dentro de su cabeza, como si algo la estuviera hundiendo, aprisionándola desde arriba para que dejara de pensar. La misma sensación que experimentaba cuando los aviones despegaban. Era increíble que, siendo tan empática como era, poseyendo esa capacidad desde niña, no hubiese previsto que James Carter iba a asesinarla, dado que la odiaba lo suficiente como para hacerlo. Ahora contaba los segundos que la separaban del final de su vida, como si todo hubiese terminado para ella sin remedio. Tal vez prefería eso, de una vez.

Hizo uso de su imaginación. Era lo único que le quedaba. Ella estaría más viva que él, incluso estando muerta. Eso se dijo para darse ánimos, porque aún conservaba adentro una forma de oponérsele. Se sintió satisfecha de sí misma, como si en aquel momento hubiese logrado ser mucho más que James. Ahora eran enemigos claros, definidos, irreconciliables. Había querido contar con esa claridad trágica desde antes, pero siempre había cedido y nunca supo imponérsele. James nunca le había reconocido su facultad especial, su oscuridad, su valía... Al contrario, con un «exorcismo barato» sacado de los libros, del análisis de sus sueños y de las correctas maneras que maquinaba, había acabado con su magia.

Entonces, en ese momento, pensó en su pequeño, en Kilian. Contaba apenas con cinco años de edad... ¿Quién cuidaría de él cuando James la ahogara? Él era un pésimo padre, egoísta, incapaz de pensar en el niño.

Una lágrima se deslizó por su cara.

Los recuerdos de su hijo la golpeaban y la mecían como las olas es esos momentos finales. Pero una secuencia de visiones irrumpió en su mente, y apartó la imagen de su hijo. Veía a una niña que no conocía, pero que sentía que la amaba más que a nada. Ambas estaban mirando unas rosas, y ella le decía a la pequeña que debía confiar en sí misma, en su valía.

En ese instante, una gaviota se paró en el borde del bote e interrumpió la visión fugaz de la niña. Ella vio la blancura del animal. De repente otro pájaro oscuro, negrísimo, de mayor tamaño, se abalanzó sobre la gaviota. Ambos salieron volando y se perdieron en la oscuridad.

Escuchó un quejido y pudo ver como uno de los pájaros cayó al mar gracias a que la luna apareció por un segundo. Una pluma negra cayó a sus pies y ella se quedó observándola. Ya no quería ver la cara de James, pero podía imaginar sus ojos tras los lentes, como si su marido se hubiese convertido en un gran telescopio. Se dijo que debía dejar correr su imaginación en ese momento, al final de su vida.

—Ya ha llegado la hora de lanzarte al agua, querida. Me encargaré de hacer creer a todos que has acabado con tu vida voluntariamente. ¿Quién pensaría que el buen doctor James Carter tendría algo que ver con la muerte de su inestable esposa? Nadie, por supuesto. Aunque debo confesarte que los vecinos que llevan adelante una especie de actividad religiosa en la casa contigua a la nuestra, por un momento, me hicieron pensar que debía desistir del plan de matarte. No sé de dónde vinieron, porque se suponía que la costa estaría sola en estos días. Son muy extraños. A ese lugar ahora lo hacen llamar «el santuario de la felicidad», y el líder es conocido como Hanot. No lo sé, la gente ya no encuentra en qué cosa creer para olvidar sus mediocres vidas. Todo el mundo necesita ser salvado… —dijo James Carter en un tono más bajo.

Entonces, ella se atrevió a mirar a James con un odio fulminante.

Era la primera vez que miraba así a alguien. A sus veinticinco años nunca había sentido algo tan exuberante, tan potente. Le gustó. Era lo más puro que se había desatado en ella, y era una lástima que le pasara al final. Fue cuando una gran vibración invadió el bote y, de repente, James perdió el control sobre él.

El bote comenzó a moverse en el agua en dirección a la orilla. Parecía que algo externo, que no sabía de dónde provenía, estuviese atrayéndolos a la playa.

Denisse miró a James otra vez. Nunca lo había visto así, tan indefenso. Él no comprendía lo que pasaba, se levantó y cayó en el suelo del bote debido al movimiento. Eso era maravilloso para ella. De alguna manera, pensó que el odio que sentía por primera vez estaba desatando aquello, y era eso lo que había tomado el control de la embarcación. Sabía que era imposible, pero no encontraba otra explicación. Como si todos esos años de matrimonio con alguien tan calculador como James le hubiese contaminado y ahora fuese una persona capaz de asesinar. Si sus manos no estuviesen atadas, si James no la hubiese maniatado ni subido al bote para asesinarla, ella hubiese sido la que habría acabado con su vida. Eso pensaba. Como si ahora una oscuridad poderosa, más grande aún que el desamor de él, estuviese de su parte y le hubiese dado mucho poder. Como si de ahora en adelante ella le perteneciera a esa clase de oscuridad.

Pudo ver a lo lejos, en la playa, a un grupo de personas. Solo podía ver sus siluetas. Eran al menos cinco. Parecían estarla esperando. Tuvo la convicción de que James iba a morir, pero ella no. Y también intuyó que esas personas iban a convertirse en su familia.

«La sed de venganza puede lograr cosas increíbles», dijo una voz dentro de su cabeza. Era su propia voz, pero ahora contenía algo distinto, un componente nuevo y excitante. Luego escuchó su propia risa, muy adentro.

Denisse no decía ni una palabra y James se preguntaba con rabia qué diablos estaba pasando entre aquellas aguas.

El niño acompañaba a su padre mientras comía las ciruelas, sentado en el cenador. La idea de estar allí, apartados de todos, había sido de él. Los ciruelos estaban rebosantes y ofrecían sus provocadores frutos. La esposa del hombre se ausentó del cenador sin dar explicaciones. El niño la vio irse, pero no le importaba, porque él estaba acompañado de su padre. Este le ofreció una ciruela. El niño le sonrió y la agarró.

Luego el hombre comenzó a toser de una manera extraña, diferente, después de llevar algo a su boca. Se había atragantado. El niño nunca supo qué hacer. Intentó ayudarlo, gritó, lloró. Llamó a su madre, pero ella no le oyó. Dio golpes en el pecho del hombre mientras las lágrimas le corrían por el rostro.

Su padre murió rápidamente.

Antes de hacerlo, en plena agonía, le había agarrado con fuerza el debilucho brazo, haciéndole daño.

Daniel Braun quiso devolver los minutos y, de alguna

manera, eso hizo. Tal como si no hubiese pasado nada. Se quedó muy quieto, sentado, casi sin respirar, porque hasta el movimiento que la respiración producía en su cuerpo era una nueva invitación al pasado, a la tragedia.

«¿Cuál tragedia, si nada había pasado?», decía esa voz en su cabeza.

Escuchaba a las hurracas graznar, reírse de él. Deseó con una fuerza infinita que su madre llegara. Porque ella era tan culpable como él. Incluso mucho más. Ella los había dejado solos.

Vio a un jardinero pasar a cierta distancia. Y un barquito a lo lejos, en el mar. Daniel quiso ser uno de los árboles que le rodeaban y se quedó callado; no podía relatar lo que había pasado, eso tan ridículo, tan extravagante, tan grotesco.

Cuando su madre volvió, Daniel notó que había cambiado sus ropas, su peinado, y que se había ido para arreglarse. «¿Solo para eso?», le había preguntado aquella voz misteriosa en su mente, recién emergida de su pensamiento infantil.

«Solo para eso has dejado a tu hijo solo, como si la belleza importara, como si lo superficial fuera mágico».

Daniel lloraba y explicaba a su madre la tragedia. Pero luego, esta parte sufriente fue quedando muda, apenada e inmóvil, como los troncos que estaban entre el cenador y el agua.

Su madre gritó, preguntando qué había sucedido.

«Y además se atreve a gritarte», decía la voz poderosa en la cabeza de Daniel Braun.

«Ódiala, ódiala siempre, se lo merece, y no permitas que nunca más vuelva a ti con exigencias».

«Mira como dejó a tu padre morir por ir a arreglar su peinado; y cuando te enfrentas a los otros niños, ella no está allí para decirles lo especial que eres».

Eso escuchó Daniel que le decía la voz interior que lo

alentaba.

Así, un impulso destructivo y discordante surgió dentro de él, con una forma brillante y definida, como el sol negro que lo acompañó cuando su padre tomó su brazo, como el calor sofocante de aquel lugar.

Su madre nunca más tuvo poder sobre Daniel y fue condenada al exilio, fuera de la tierra de sus buenos pareceres. Y con ella, todas las otras mujeres quedaron condenadas a la inferioridad. Por eso a Daniel le gustaba tanto el mundo religioso, lleno de hombres señalando a los dioses. La culpa desapareció con los días. Con el tiempo, la rabia se fortaleció como un parásito y se reprodujo muy dentro. Porque aparecieron «ellos» desde aquella tarde. Quienes lo hicieron un sujeto poderoso, omnipotente, educado y simpático. Un conocedor de lo espiritual y de la naturaleza humana que siempre deseaba estar cerca de lo sagrado.

Entonces, Daniel Braun comenzó a creerse un hombre por encima de todos, y a creer en la magia de los seres que lo habían elegido. Ellos, la noche de la muerte de su padre, le habían hecho comprender algo: la ira era la mejor consejera para una buena motivación. Luego supo que las voces en su cabeza tenían que provenir de ellos.

Era quienes reconocían su grandeza, lo acompañaban siempre en los discernimientos y le enviaban señales para que no olvidara que era especial. Señales que solo él sabía descifrar porque nadie más conocía esa religión que le había dado sentido a su vida. Nadie sabía que él era un elegido.

Luego fue a la Universidad de Topeka y allí se juntó a otros hombres y mujeres especiales. Fue cuando descubrió que el enemigo de la verdadera felicidad, y de Hanot, era Brais, a quien casi nunca nombraban; solo con sus iniciales B. T.

Porque Brais había tenido en su poder el péndulo y sabía educar a los pocos enemigos que tenía la oscuridad…

2

ANNE HIZO SILENCIO. Me tomó de la mano y apretó.

—Querida…, debes haber sufrido mucho. No tenía idea…, pero eres la mejor detective que conozco. Me has salvado la vida, y sé que volverías a hacerlo. No se me ocurre alguien más digna de confianza que tú. Así que si hay algún loco que pretende castigarte por lo que hizo tu padre con tu madre, no le resultará tan sencillo. Ahora la pregunta es si Daniel Braun y Gideon Hapgood también…

—Mataron a alguien —completé, interrumpiéndola.

—Sí. Pero no debe ser así. Ya Rossy nos lo hubiese dicho —afirmó Anne.

En ese momento, una persona nos observaba desde fuera de la ventana del baño.

—Soy la agente Ferraris. Mi compañero y yo debemos resguardar la escena —explicó.

Anne le dijo algo y luego salimos de la casa de Hapgood.

De camino al coche, Anne me hizo una pregunta.

—¿Dónde está tu padre ahora?

—No lo sé. No he querido saberlo. Supongo que en la cárcel. Fue condenado a cadena perpetua.

—Entiendo —dijo Anne.

Era cierto. Lo entendía. Debió pensar que esa condena se basó en la naturaleza de su crimen. Estaba en lo correcto. Sin embargo, no me preguntó nada más con relación a mi padre.

—¿Te has sentido perseguida en estos días? —preguntó, cambiando el tema.

—No. No lo creo, Anne.

—Vamos a la oficina. Debemos encontrar el cuerpo de Gideon, si es que esa sangre le pertenece a él. Si no, puede que hayamos estado frente al asesino y que lo hayamos dejado escapar —dijo Anne, sorprendiéndome.

Pero entonces un nuevo razonamiento apareció en mi cabeza. Si mi padre había sido capaz de asesinar a mi madre de una forma que Anne adivinaba horrenda, lo suficiente para ser encarcelado de por vida, Gideon también pudo asesinar a su hijo y luego hacerse ver desesperado. Comprendí que Anne había sacado esa conclusión por lo que yo acababa de decirle. Algunas veces necesitamos que alguien nos sacuda las ideas de la cabeza para ver las cosas con ojos nuevos. Era lo que le había pasado a Anne al contarle lo de mi padre.

—Es que, amparado en el dolor de la muerte de su hijo, pudo presentarse como la víctima perfecta, fuera de sospechas. ¿No lo ves? —preguntó.

—Sí —le respondí.

Además, le dije otra cosa.

—Comprendo que crees que debo hablar con mi padre.

—Es verdad. No podemos hablar con Daniel Braun porque está muerto, y no sé si encontraremos a Gideon. Así que solo nos queda tu padre, al menos considerando lo poco que sabemos. No tenemos consciencia de cuántas personas andan por allí con esa marca en el brazo. Ni siquiera sabemos cómo es que aparece.

Anne continuaba hablando, pero yo no le ponía atención. La sola idea de volver a ver a mi padre me producía náuseas. No pude contenerme. Tuve que vomitar, y logré apenas apartarme un poco para hacerlo. Había recordado el cuerpo de mi madre lleno de sangre y sus manos amputadas. Esa imagen había estado encerrada en mi subconsciente durante muchos años. Pero haber mencionado su nombre, Kilian Carter, había abierto las puertas de un nuevo infierno para mí.

3

ANNE ME PUSO la mano sobre la espalda. La movió en señal de caricia cuando terminé de expulsar todo el contenido de mi estómago.

Entonces tuve una visión. Vi las manos de una persona abrir un libro. Había algo escrito en la página. Era una especie de secuencias de símbolos, parecía una escritura ideográfica.

La persona, con el dedo índice, señalaba uno de los símbolos y luego recorría la secuencia como si estuviese leyendo. En su mente apareció una frase: «Santuario de la felicidad, Hanot».

¿Qué significa eso?

¿Por qué lo había visto al tener contacto con Anne?

La imagen desapareció. Miré a Anne.

—¿Te pasa algo? —me preguntó con el entrecejo fruncido.

—No es nada —le dije.

Pensé en Ender, en la capitana Malick, en el comandante Price. Todos ellos habían tenido contacto con Anne en las últimas horas. También conmigo, pero yo, hasta ese momento, estaba en blanco. Ahora parecía que comenzaba a percibir de nuevo algunas cosas.

En ese momento, el móvil de Anne sonó. Lo tomó y escuchó. Su expresión no era buena.

—Tengo una emergencia. Mi hijo menor se ha encerrado en alguna parte en su colegio. Sabía que no era buena idea que fuese hoy, pero como la zona está muy lejos del paso del tornado, pensamos, su padre y yo, que era mejor que continuara su vida con normalidad. Además, la escuela insistió en que los niños asistieran. Y ahora parece que está alterado y no quiere salir de su escondite. Ha pedido que vaya a buscarle y los maestros no quieren forzarlo. Lo siento, Alexis, pero debo atender esto. Solo será un momento.

—No hay problema, Anne. Ve. Iré al Departamento —le mentí.

—¿Por qué no me acompañas? —me preguntó.

Supe que temía por mí.

—Estaré bien, Anne. Tú misma has dicho que no debemos perder tiempo. Es mejor que resuelvas lo del chico y luego nos vemos en la oficina —insistí.

Anne accedió sin mucho convencimiento. Tomó el coche y se fue, veloz.

Yo me quedé detenida, mirando su partida.

Entonces, me dirigí a la zona boscosa tras la casa de Hapgood. Si mis capacidades estaban volviendo, debía seguir la pista de la mujer que me señaló. Por algo la había visto. Debían ser recuerdos en mi cabeza. Cosas en el subconsciente que aparecían en esa forma. Yo sabía, por mi formación, que en momentos críticos podían emerger algunas cosas olvidadas en forma vívida, casi como alucinaciones.

Caminé hasta el lugar, más o menos, donde creía verla. Me di la vuelta y miré la ventana del baño de la casa de

Hapgood. La vi allí adentro. Mirándome desde el cuarto de baño. Pero ahora no era una mujer con el rostro desfigurado. Era mi abuela Denisse.

Alguien me llamó.

Volteé, y junto al tronco de un árbol, estaba ella.

Me mostraba un pequeño péndulo.

4

—Pretendía esperar a que vinieras a casa, pero ya no es posible —dijo con un tono de voz grave. De repente, me pareció más joven. Como llena de una nueva vitalidad.

—¿De qué estás hablando, Wendy? —le pregunté—. ¿Por qué estás aquí?

—Porque estás en peligro. Vas a tener que confiar en mí y venir conmigo a casa. Allí estaremos seguras —me dijo y miró hacia atrás, y luego a uno y otro lado.

—¿Qué es eso que llevas entre las manos? —pregunté.

Mi tono de voz también había adquirido gravedad. No sabía si confiar en ella.

—Es un péndulo. Percibo que la has recordado, a tu abuela Denisse —me dijo.

No comprendí cómo podía saber eso. Pensé que tal vez ni siquiera estaba allí en realidad.

—Soy como tú. Percibo cosas. Aprendí a domesticar mi capacidad con él, con Brais. Y somos los únicos que quedamos para hacer frente a la destrucción, a la oscuridad. Pero tú has estado cerca de ellos, de uno de los reclutados. Por eso tu empatía está anulada, o casi anulada. Yo puedo ayudarte si vienes a casa.

Tuve que tomar una decisión. Ahora estaba segura de que Wendy Tandy estaba allí en realidad. Era de carne y hueso, y no solo algo en mi cabeza.

—Está bien —le respondí.

Ella inspiró profundo y me sonrió. Guardó el péndulo en el anillo que antes había visto en sus manos, cuando estuvo en casa.

—Buena chica, Alexandrina. Denisse tenía razón. Todo valdrá la pena.

Caminé en dirección hacia ella.

—Salgamos por aquí. Hay un camino que pocas personas conocen. Va a dar a la calle Milwaukee. Allí estacioné mi coche.

La seguí.

Iba detrás de ella y pude ver que caminaba con destreza. Comenzó a nevar, pero Wendy continuaba sin inmutarse.

Cuando llegamos a donde había estacionado el coche, frente a una pequeña plaza solitaria, se detuvo y me miró.

—No deberías resistirte —me dijo.

—¿A qué te refieres? —le pregunté.

—A lo de Sebastian Hausmann. Algo muy fuerte te une a él y solo estás posponiendo lo que es irremediable.

—¿Cómo puedes saber eso? —pregunté sin pensar, pero al terminar de decirlo me respondí a mí misma. La única forma de que alguien diferente a mí conociera mi atracción por Sebastian era que fuera empática, como yo.

Continué caminando en dirección a ocupar el puesto del copiloto.

—Si ella, Denisse, le hubiese hecho caso a Roddy, no habría pertenecido a la oscuridad, porque la oscuridad se

aprovecha de lo que las personas contienen, de lo que repri-
men... —me dijo.

Me detuve en seco.

—Mi abuela no pertenecía a...

—¡Sí perteneció a la oscuridad! —me interrumpió—. Fue
la encargada de mi asesinato, porque ella también necesitaba
que alguien la salvara de su esposo —me dijo, y noté que era
presa de una emoción desagradable. Pude verlo en sus ojos.
Uno de ellos brillaba.

Mi móvil sonó. Un mensaje acababa de llegar. Era de
Anne.

«Con lo de Gideon Hapgood olvidé decirte que antes de
dirigirme al Departamento Forense conocí a la vecina de
Inger Braun. Tiene los ojos bastante singulares. No me
pareció que su cabeza funcionara muy bien. Deberíamos
investigarla un poco. Voy llegando al colegio. Te llamo luego».

Entonces lo que vi cuando Anne acarició mi espalda tomó
otro sentido.

Wendy tenía que haberme mentido sobre mi abuela. Una
persona como ella no podría pertenecer a la oscuridad, y
mucho menos ser una asesina.

Era ella, Wendy Tandy, quien debía ser la reclutada de la
oscuridad. Y como lo había presentido antes en la oficina de
Anne, estaba muy cerca de mí.

5

—Puedo ver tus dudas. Desconfías de mí, y no te culpo. A nadie le gusta que le digan cosas que nublen la imagen que tenemos de las personas que queremos.

Hizo una pausa y luego un gesto de seriedad. Después continuó.

—Vayamos a casa. Tengo muchas cosas que explicarte. Además, debo sacarte de aquí. Este lugar está contaminado. La oscuridad está haciendo bien su trabajo, cercándonos. Si no, ¿por qué crees que existe esa niebla en tu cabeza? —preguntó.

No sabía si confiar en ella o no hacerlo, pero decidí acompañarla. Si era miembro de la oscuridad, al menos ir con ella me haría avanzar, conocerla mejor. Si la evitaba, continuaría sintiéndome inmóvil, inútil y en blanco, tal como estaba desde hacía muchas horas.

Wendy pareció leer mis pensamientos y dibujó una breve sonrisa de satisfacción.

Subimos a su coche, un Ford Escort color ladrillo, y su interior olía a una fragancia agradable, como a flor de naranjo. Nos mantuvimos en silencio durante todo el trayecto.

Se me hicieron pesados los minutos, largos. Necesitaba saber más de mi abuela y de mi papel en todo esto. Sentía como si la oscuridad y yo estuviésemos conectadas desde tiempo atrás. De hecho, eso era lo que me transmitía la marca en mi brazo. Yo sería una víctima. No tenía dudas, pero al menos quería saber por qué. Intenté recordar a mi abuela, su casa, sus rosas, sus palabras. Algo que me orientara, y no podía creer que en realidad hubiese sido parte de algo macabro. Fue la primera vez que me pregunté con seriedad qué hacía a las personas pertenecer a la oscuridad. Tal vez fuera para vincularse a algo diferente. Mi abuela nunca me habló de mi abuelo James, era como si nunca hubiese existido para ella. ¿Y quién era el tal Roddy que mencionó Wendy y que comparó con Sebastian?

Inspiré profundo y miré por la ventanilla.

Allí estaba yo, haciéndome preguntas sobre mi vida, en medio de una ciudad que parecía querer recobrar algo de normalidad, pero muy lejos de conseguirlo. Y yo, en vez de concentrarme en el caso del asesino de Braun y Hapgood, me miraba a mí misma…

—Llegamos por fin —dijo Wendy una vez que detuvo el Escort frente a su casa. En ese momento, el cielo se nubló y la noche pareció anticiparse. Eran las seis de la tarde. Recuerdo que miré la hora en mi móvil y luego lo guardé en el bolsillo de mi abrigo.

Nos bajamos del coche y caminamos por el sendero sinuoso que conducía a la puerta de entrada de su casa. Esta vez miré el exterior de la casa con más detalle. Sentí un olor muy fuerte a eucalipto y también un picor en el cuello. Fue muy breve pero intenso. La piel de mi cara estaba helada y mis ojos comenzaron a expulsar lágrimas.

—Hace mucho frío —dijo Wendy.

Sin embargo, su abrigo estaba desabrochado y su cuello no estaba cubierto. Entonces, me fije en él.

Una alarma se encendió en mi cabeza.

6

¡Ni una sola arruga!

¿Cómo era posible?

Algo que había leído hacía poco tiempo intentó volver a mi cabeza, pero sin lograrlo. Eran palabras poco usuales que había leído. ¡Lo tenía! ¡Las áreas de pericia de Gideon Hapgood! «Unos fitonutrientes y la posibilidad de evitar el envejecimiento de las células…»; «regeneración y activación genética»; «senescencia celular»; «supersustancias».

Miré sus manos. Tampoco parecían las de una mujer mayor.

—¿Conoces a Gideon Hapgood? —le pregunté de inmediato.

—Sí. Él también se equivocó.

Fue su críptica respuesta.

Llegamos hasta la puerta. Abrió y me invitó a pasar. Lo hice. Ella también entró y cerró con seguro. Puso la mano abierta sobre el madero luego de pasar el cerrojo, y el gran anillo que llevaba en el dedo medio brilló.

Aguardé.

—Vamos a la salita. Por ahora, en casa estaremos protegidas. Prepararé café o té. Lo que prefieras —me dijo.

Fue cuando me di cuenta de que hasta ese momento había estado tensa, alerta. Si ella fuese miembro de la oscuridad, no hubiese sido así. Tenía que ser su enemiga, y por eso en realidad se había calmado, porque, según ella, dentro de su casa estábamos a salvo. Ese alivio que percibí en Wendy era la prueba de que no era mi enemiga. ¿Eso significaba que debía creer que mi abuela había pertenecido a la oscuridad...?

—Quiero saber toda la verdad sobre ella, sobre Denisse — exclamé.

Wendy levantó sus manos y las llevó a su cara, tapó sus labios con ambas manos. Sus ojos se tornaron vidriosos. Luego de unos segundos, apartó las manos y dejó su rostro desnudo.

—Lo sé, Alexandrina. Esto es duro para mí. Pero no tengo más opción que revelar el pasado de Denisse para que puedas comprender. No se puede enfrentar a la oscuridad si nos guardamos secretos entre nosotros. Hace poco tiempo leí algo que es una gran verdad: «Es cierto que necesitas confiar en tu propia fuerza, pero también es cierto que saber en quién confiar es parte de la fuerza». Y tú has decidido confiar en mí. Eso es un duro golpe para ellos. Se fortalecen con nuestras dudas, con nuestra desconfianza y extravío.

—Sé a lo que te refieres —respondí con voz muy baja.

De repente me sentí como en casa. Como si Wendy fuese mi abuela. Una restauradora sensación me invadió, parecida a la plenitud, a un instante de felicidad pura.

Ella me sonrió y su rostro me llenó de una emoción aún mayor, de las más puras, de ternura. No pude hacer otra cosa, y sin pensarlo, la abracé. Lloré.

Me hacía falta.

Ni siquiera cuando Devin murió lo hice de esa manera.

7

Unos minutos después de nuestro abrazo, nos dirigimos a la salita. Me senté en un pequeño sofá y esperé a que Wendy preparara café. Al poco tiempo, trajo en una bandeja de plata dos tazas humeantes. Me pareció que se tardó un poco más de lo debido. Entonces se sentó a mi lado, me ofreció una de las tazas y tomó para ella la otra. Me dijo algo que no comprendí. Algo como que bajo un árbol solitario siempre había esperanza, más aún si se trataba de un triste ciprés.

Después me contó sobre mi abuela. Me dijo que se había casado muy joven con un hombre llamado James Carter. Le llevaba más de veinte años de edad y era un reconocido psiquiatra de Nueva York. Era un ser detestable, controlador. Se había obsesionado con mi abuela desde la primera vez que ella cruzó la puerta de su consultorio con una crisis de ansiedad. Fue su paciente, y luego su prometida. Todo el mundo tenía una buena opinión de James Carter porque nadie lo conocía realmente. Tuvieron un hijo, mi padre. Mi abuela tuvo un amante, un hombre llamado Roddy, y James descubrió la relación. Quería asesinarla, y casi lo logra una noche.

Pero un grupo de la oscuridad estaba en ese lugar y evitó la muerte de Denisse. No era casualidad que estuviesen allí. Querían captarla porque habían detectado su poder. Luego se convirtieron en su familia.

Comprendí a mi abuela y dejé de juzgarla a medida que las palabras salían de la boca de Wendy. Ella también la amaba. Podía sentirlo.

—Denisse, aquella noche de 1945, en medio del mar se convirtió a la oscuridad porque ellos la salvaron de James. Le mostraron el poder del odio. Había estado sometida a la mente de un hombre terrible que la disminuía, la anulaba. Pero ella era rebelde y él nunca pudo convertirla en su víctima perfecta. Eso era lo que deseaba. Denisse era algo inestable, sin embargo, en ella había mucha vida, mucha imaginación. Era capaz de una enorme valentía. Fue la mujer más valiente que jamás conocí. Por eso se enfrentó a Hanot...

—¿Quién es Hanot? —pregunté con temor. Mi voz sonó quebrada. Presentía que era alguien poderoso.

—Creo que ya lo sabes. Es eterno, inmortal. Está detrás de todo desde el principio. Se ha buscado las maneras de ser importante y de permanecer oculto.

—¿Cómo se enfrentó Denisse a Hanot? —interrogué, aunque no comprendía muy bien quién o qué era en realidad Hanot. Tal vez no quería comprenderlo por temor.

—De la única manera en la que se le puede enfrentar. Movido por un sentimiento más fuerte que el miedo, o la rabia, o la sed de venganza, o la culpa y la ambición. Estas son las medidas de Hanot. Tú has visto la representación medieval, la que nos recuerda al *Hombre de Vitruvio*. En las escrituras que agruparon la doctrina de la oscuridad se establecieron las medidas del hombre, representado como un ser capaz de temer, de odiar, de vengarse, de culparse y de ambicionar. Esas características son las que aprovecha la oscuridad para ganar aliados. Los mejores para ellos son los movidos por dos de esas grandes fuerzas, no solo por una. Cuando dos de ellas se funden, se hacen implacables. En el caso de Denisse, fueron la sed de venganza y la rabia que produjeron su odio. Y sé que en el caso del asesino que mató a Inger y al chico Hapgood son la culpa y la ambición. Estoy segura. Mi péndulo me lo ha mostrado. Me ha ayudado a leer mis visiones y a otorgarles el correcto significado.

Yo escuchaba a Wendy y me surgían muchas preguntas. Se me mezclaban unas con otras.

—¿Qué es ese péndulo? ¿Cómo lo obtuviste? ¿Por qué mi abuela debía asesinarte?

—Te entiendo, hija. Debes tener la cabeza hecha un torbellino —dijo al tiempo en que volvía a tomar su taza de café y bebía su contenido. Yo ni siquiera había probado la mía.

—Porque era yo la aprendiza de Brais, aquel que se declaró enemigo de la oscuridad, y era la más aventajada. Tenía quince años cuando Denisse me encontró. Puso la hoja afilada sobre mi cuello; iba a cortarlo, pero desistió. No pudo hacerlo. Esa fue su primera misión y falló. Ya había enviado a Kilian a vivir lejos. No quería verlo mezclado en las cosas de la oscuridad, y acordó con la oscuridad que dejaran al chico lejos de todo. Cuando no pudo matarme, les hizo creer que me había asesinado, y me ayudó a ocultarme bien. Denisse era muy convincente cuando se lo proponía. Tenía mucha fuerza, y esta, en realidad, se liberó aún más cuando James murió. Ellos, la oscuridad, lo mataron la noche en que casi la asesina. Pero a Denisse no la movía realmente el odio a James, sino el amor por Kilian. Y luego por ti. Me dijo que cuando estuvo a punto de morir en el bote en manos de James, tuvo una visión. Eras tú. Sin saberlo, le diste fuerzas para no desesperarse. Este tipo de imaginación tan potente y predictiva que trasciende el tiempo y la distancia jamás la tendrá la oscuridad. En cambio, nosotros sí. Es casi lo único que tenemos. La imaginación clara y pendular entre dos puntos de entusiasmo, que transitan cuando hay confianza.

—¿Dices que eso significa ese péndulo que llevas en el anillo? ¿El ritmo de la confianza? —pregunté sin pensarlo.

Era como si las palabras salieran solas de mi boca.

—Veo que lo has comprendido de inmediato. El péndulo me ayuda a aclarar las ideas, las visiones. Muchas veces, como sabes, son confusas. El movimiento del péndulo de Brais ayuda a ver materialmente el movimiento de la confianza que nos mueve, ayuda a despejar la mente. Lo miras y te concentras, y gracias a ese vaivén logras niveles extra de atención y comprensión; muchas veces obtienes mayor claridad. No es magia, es disposición. Ellos también tienen un péndulo. El de ellos les ayuda a concentrarse y recrearse en esas emociones o sentimientos fatales que te mencioné, y el tránsito que dibuja su péndulo es siempre el odio, la furia. Para nosotros es la luz, la confianza. Tienes que aprender a emplear el péndulo para que puedas tener más claridad en tu cabeza. Pero sé que lo harás. Denisse decía que eras especial, y ahora sé que lo eres, hija mía…

Noté que en ese momento no llevaba el anillo con el péndulo. Supuse que lo había dejado en algún lugar de la cocina. También me di cuenta de que sus manos y su cuello mostraban arrugas. Comprendí que, en medio del caos que había en mi cabeza, fui capaz de ver esas partes de su cuerpo como no eran en realidad. Esperaba que esa fusión entre realidad y fantasía que me había jugado malas pasadas las últimas horas desapareciera de una vez.

—Últimamente veo como si fueran reales cosas que no están allí —confesé.

—Es por la cercanía con una acción de la oscuridad. Eso

también me ha pasado alguna vez, y a Denisse le pasaba al final. Es como si se te superpusieran las visiones sobre los planos de la realidad, de lo material. Pero ya pasará... —afirmó.

—¿Quién es Brais? —le pregunté.

—Quien siempre se ha opuesto a Hanot —me respondió.

Entonces sucedió algo. Algo que la hizo callar.

8

Debió haber tenido una visión en ese instante.

Me di cuenta de que su mano izquierda se aferraba con fuerza del apoyabrazos del sofá. Ejercía presión, veía su mano temblar. Algo estaba apareciendo en su cabeza, y era algo terrible.

—Creo que debes irte, Alexis. Luego seguiremos hablando —me dijo con determinación. Su voz había cambiado de tono. Casi me pareció que estaba asustada—. Perdona por no llevarte. ¿Podrás irte por tu cuenta?

Asentí.

Pensé en insistir en que continuara hablándome, pero desistí. Parecía decidida. No deseaba que estuviera allí con ella, y debía tener sus razones.

Me acompañó a la puerta. Cuando estaba a punto de cruzarla, me volví.

—Hay algo que te preocupa. Es algo que pensaste de pronto —le dije.

—Es un impostor. No es quien dice ser. Está muy cerca y es muy hábil. Lo mueve un gran sentimiento de ambición, pero también hay culpa. Lo sé. Es implacable. Frío como una serpiente. Tú tienes la clave. Solo debes pensarlo bien.

Sabía que hablaba de quien cometía los asesinatos.

Después de decir eso, me besó en la frente. Igual a como lo hacía mi abuela. Era como si a través de ese beso me transmitiera todos los buenos deseos condensados de las dos. Como si, de alguna forma que no comprendía, Wendy estuviese dispuesta a hacer cualquier cosa por mí.

—Gracias, Wendy —dije.

—Esperé por ti. Se lo prometí a Denisse. Y por fin has llegado a mi puerta —me respondió.

Algo sonó en el piso. Eran unos pasos rápidos. Dorinda llegó hasta los pies de Wendy y se detuvo. Miró hacia arriba y maulló.

Salí de la casa y, de camino a la calle, intenté grabar en mi memoria cada una de las palabras que Wendy había dicho. Presentí que eran importantes para resolver el caso, aunque en ese momento no comprendiera por qué.

El olor a eucalipto había desaparecido.

9

LLEGUÉ a la oficina veinte minutos después.

Me esperaba la jefa Tonny. Quería saber los avances de la investigación. La información me la dio Juliet.

Subí a su despacho.

Tuve que admitir que estábamos perdidas y que solo contábamos con personas de interés y no había ningún sospechoso en firme. En las escenas no hallamos nada de qué tirar y Gideon continuaba desaparecido.

—Esperemos el informe preliminar del equipo forense que fue a su casa —sugirió la jefa.

Me despedí de ella y fui a mi oficina. Enseguida llegó Rossy a buscarme.

—Creo que he encontrado algo interesante. Daniel Braun estudió en la Universidad de Topeka. Estuve investigando su pasado estudiantil. Parece que formaba parte de un grupo algo selecto. En alguno de los lugares de la red les llamaban «los vigilantes». Eso en forma despectiva, ya que nadie comprendía muy bien lo que hacían, qué los agrupaba, pero se la pasaban observando a los otros. No hay nada formal sobre ese grupo, pero siempre Braun se hallaba junto con las mismas personas en todas las fotos que he encontrado de él. Te lo digo porque Anne me pidió que investigara si Braun había pertenecido a una secta o algo parecido, siguiendo la idea que expresaste en su oficina más temprano. Lo de los primogénitos…

—Sí, Rossy. Lo sé. ¿Quiénes eran esas otras personas que aparecen con él?

—Eso es lo extraño. He sometido sus rostros a identificación facial y lo he comparado con el registro de estudiantes de la Universidad de Topeka y no hay coincidencias.

—¿No tenemos idea de sus identidades? —pregunté en un tono de voz más alto.

—No —respondió.

—¿Podrías enviarme esas imágenes? —le pedí.

—Ahora mismo. ¿De verdad crees que se trata de una secta satánica o algo parecido? ¿Que el asesino está matando a los hijos de sus miembros? —preguntó.

—Tenemos poca información ahora, Rossy, pero es muy importante que continúes con esa línea de investigación del pasado de Braun. También de Gideon Hapgood.

—En relación con Hapgood, no he encontrado nada que sugiera que haya pertenecido a algún grupo de este tipo. Pero seguiré investigando.

—Gracias —le dije.

En ese momento, Juliet llamó a la puerta. Le pedí que entrara. Noté que Rossy endureció la expresión de su rostro al verla. Juliet llevaba entre las manos una carpeta.

—Rossy, tu novio ha llamado. Ha dicho que ha intentado comunicarse contigo al móvil, pero que salta la contestadora. Solo ha dejado un mensaje para que te lo diéramos. Quería que supieras que te espera en casa temprano, tal como acordaste. Me ofrecí a darte el mensaje porque venía para acá y te vi tomar esta dirección —se justificó.

La forma en que Juliet mencionó alguna de las palabras me llamó la atención. «Temprano» e «intentado». Pero la que estaba más cargada de significado era la palabra «novio». Supe que había algo entre ellas dos, un roce importante.

—Gracias, Juliet —se limitó a decir Rossy al tiempo en que caminaba para salir de mi oficina.

Cuando nos dejó solas, Juliet me miró.

Creo que se sintió descubierta, que notó que su rostro había mostrado el desagrado que se había apoderado de ella. Se vio en la necesidad de explicarse.

—No entiendo esa compulsión de algunas personas de establecer relaciones a través de una pantalla y luego comportarse de forma tan tradicional, como lo harían sus madres o sus abuelas. Son modernas para unas cosas y no para otras. Hace poco ni siquiera sabía su nombre, solo lo llamaba «Busy», y ahora fingen ser tal para cual… —criticó.

Noté la amargura en sus palabras. Juliet estaba afectada por algo. Era evidente. Me parecieron celos. Yo sabía que ella alguna vez estuvo enamorada de un asesino. En realidad, de las personas que conocía del Departamento, Juliet era la más hermética en cuanto a sus sentimientos; y por eso, aquella expresión de hastío, de envidia de la felicidad de Rossy me extrañó. No era normal que Juliet ventilara sus pareceres, y mucho menos las cosas que la afectaban.

—Te he traído el informe preliminar de la escena de la casa de Gideon Hapgood y los informes detallados de las autopsias completas de Inger Braun y Natan Hapgood. La jefa Tonny me encargó que te los diera en persona.

Una vez que dijo eso, se acercó más y me extendió la carpeta que traía en las manos. La tomé. Pensé que experimentaría algo de la carga emotiva que había manifestado, pero no lo hice.

En ese momento, mi móvil, que se encontraba sobre el escritorio, vibró.

Me anunciaba la llegada de un mensaje.

Tomé la carpeta de las manos de Juliet y la puse junto al teléfono interno. Luego agarré el móvil y abrí un correo que acababa de enviar Rossy.

Había una fotografía, en la cual reconocí una cara.

Sentí un frío de muerte.

10

—¿Estás bien, Alexis? —me preguntó Juliet. Su voz la escuché lejana, como si estuviese separada de ella por miles de kilómetros.

Era mi padre, quien estaba junto con Daniel Braun. No tenía dudas. De entre los recuerdos subconscientes que guardaba de niña, de muy pequeña, emergió esa forma de las cejas, de la frente y la particular forma de sus orejas, grandes y un poco puntiagudas. ¡Entonces por eso yo estaba sentenciada! ¡Porque él también había formado parte de la oscuridad!

—Sí. Estoy bien —respondí—. Es solo que me duele un poco la cabeza —me justifiqué.

—No es para menos. Con todo lo que ha pasado en esta ciudad. Aunque pretendamos que podremos sobreponernos y que las cosas volverán a ser como antes. Yo no lo creo así. Yo también me he sentido mal... —confesó. Luego salió de la oficina con su acostumbrado caminar rápido.

Afortunadamente, en ese momento llegó Anne.

Necesitaba contar lo de mi padre a alguien, y Anne era esa persona.

Noté que sus ojos continuaban enrojecidos, y ahora también su nariz. Dijo algo del frío en las calles. Bajó la capucha de su impermeable. Me di cuenta de que sus labios estaban resecos, agrietados. Incluso pude ver un hilito de sangre en ellos.

Esperé a que se sentara frente a mí para decirle lo de mi padre. Se preocupó. Luego tomó el control de ella esa parte objetiva y resolutiva que yo conocía.

—Debemos verlo, Alexis. Voy a investigar dónde está, en cuál penitenciaría, y lo visitaremos. Estaré contigo si lo deseas —concluyó.

Nadie era más confiable que Anne Ashton. Valía oro para mí.

—Sé que tienes razón —le respondí.

—Parecemos novatas en esta investigación —dijo con exasperación—. ¡Ni una sola pista hemos conseguido en las escenas ni en las casas de las víctimas! Y desperdiciamos la oportunidad que tuvimos de hablar con Gideon. Solo nos queda tu padre —completó.

El teléfono de la oficina sonó en ese momento.

Lo tomé y escuché la voz de una de las oficiales que trabajaban en la recepción. Me dijo algo que me resultó extraordinario. Dejé el aparato en su lugar cuando terminé la conversación.

—¿Qué…? —comenzó a preguntar Anne y luego calló.

—Logan Callen nos espera en la sala de visitas. Dice que debe comunicarnos algo muy importante.

—Bien, señor Callen. Díganos qué le ha traído hasta aquí —
dijo Anne.

Nos hallábamos en la salita de entrevistas más cercana a la
puerta de salida. También la más fría. Nos acomodamos en
torno a una mesa circular que habían dispuesto en el medio
de la habitación.

Logan me miraba con mucho interés. Algo en sus ojos
me dijo que su patología estaba muy lejos de haberse
curado. Llevaba puesta una corbata azul, cuyo nudo estaba
torcido, y una pequeña mancha marrón ensuciaba el cuello
de su camisa blanca. Jamás pensé ver a Logan Callen vestido
de esa manera. Era más al estilo de Ender; informal,
deportivo.

—Hace mucho tiempo que no hablamos. ¿Verdad, Alexis?
¡Oh...!, perdón, detective Carter... —exclamó.

Segundos antes, cuando estreché su mano, no experimenté
nada y mi mente tampoco me mostró ninguna imagen.

Lo que sabía de Callen lo sabía porque había sido mi
paciente. Era un hombre capaz de obsesionarse de una

manera enferma con otro ser humano. Así lo hizo con su vecina, a tal punto que imaginó que se casaría con ella.

Solía ser muy limpio. Por eso, la mancha en su camisa y el nudo de la corbata me parecieron —de alguna manera— siniestros, y me indicaron que su patología podía haber aumentado hasta el punto de hacerle olvidar su aspecto personal. Como si una nueva obsesión hubiese alimentado su vida. Pero no era solo eso, aquel cambio de vestimenta me pareció irreal, como si estuviese actuando, desarrollando un papel.

—He venido hasta aquí porque tengo que contarles lo sucedido en la Academia. Price me ha brindado mucha confianza; lo conozco y sé que está muy preocupado. Creo que ya saben lo de la pinta en el muro exterior, pero no ha sido solo eso. En la red hay algo más. Un usuario, a quien no he podido identificar, ha compartido ideas algo perturbadoras.

—¿Cuáles ideas? —intervine.

—Puede verla por sí misma, detective Carter. No me gustaba la entonación que daba cada vez que decía «detective Carter».

Acto seguido, tomó su móvil y lo manipuló durante unos segundos. Luego lo extendió y lo puso sobre la mesa para que Anne y yo lo viéramos. Cuando tomé el aparato, percibí lo que estaba sintiendo Logan: satisfacción. Estaba disfrutando lo que sucedía. Lo hacía sentir importante.

Miré la pantalla. Y leí:

«Ya está hecho. Todo acabará. Ha llegado la hora. Los pájaros están tan ciegos como nosotros. Lo de la 70.ª Academia de Entrenamiento de Vuelo en Wichita es solo el principio».

Mostré el móvil a Anne.

No me pareció tan relevante lo que habían escrito en la red. Con un poco de información de la prensa amarillista y algo de imaginación, cualquiera pudo haberlo escrito.

—Hoy mismo han colgado una foto, que es la que me hizo decidir venir aquí —completó Callen.

En ese momento, tocó el nudo de su corbata y lo enderezó.

Buscó la imagen y la mostró.

Se trataba de una copa, un cáliz dorado con figuras grabadas. Creí ver una cabeza de un dragón o tal vez fuese una serpiente. No se veía claramente porque la copa estaba manchada de sangre.

12

—Es preciso que brinde esta información a Rossy García, nuestra analista de redes —comenzó a decir Anne, mientras, yo miraba la fotografía a la que Logan aludía.

Mis sospechas eran ciertas.

Quien había cometido los asesinatos tomaba la sangre de las víctimas. De repente, un ruido metálico inundó mi cabeza. Era como si miles de campanas sonaran junto a mis oídos; resultó inaguantable. Logré soportarlo porque solo duró un par de segundos. ¿Por qué campanas? Tenía la impresión de que no era la primera vez que las oía, pero no lo recordaba bien.

—¿Ha sucedido algo con unas campanas en la 70.ª Academia de Entrenamiento de Vuelo en Wichita? —pregunté.

—¿Campanas? —preguntó Logan entre sorprendido y divertido.

Anne me miró en silencio.

—No sé cómo lo has sabido. Alfred, el comandante Price, ha entregado a los pilotos Allan, Bruce, Cameron, Douglas y

Ferguson cinco campanas pequeñas, grabadas con el escudo de la institución. Ellos continúan hospitalizados. Con todo lo sucedido en la ciudad, Alfred cree que podría haber cortes de energía eléctrica, y por eso se las ha dado, para que puedan llamar al personal médico de ser necesario. Les han dicho que no deben hacer esfuerzos, gritar, o cosas así. A mí me pareció una idea tonta. Pero sí que es cierto que las campanitas meten bulla, y tal vez cumplan un papel más sentimental que otra cosa. Como una muestra de que la Academia los está acompañando en estas horas bajas. De todas formas, en los hospitales hay plantas eléctricas… —terminó de decir.

—¿Dónde se encuentran los pilotos? —preguntó Anne al tiempo en que yo pensaba que Logan despreciaba la idea de Price por considerarla ridícula.

—En el hospital militar. ¿Qué tienen que ver las campanas con todo esto? —me preguntó Logan. La entonación de su voz sonó más aguda que antes.

—¿Los nombres Daniel Braun o Gideon Hapgood le dicen algo? —pregunté.

—Nada en absoluto —respondió, cortante.

—¿Y Kilian Carter?

Anne volvió a dirigirme una mirada silente y movió un poco la cabeza hacia un lado.

—No. Nada especial. Espera… ¿No es acaso el lingüista que asesinó a su mujer en su propia casa? —preguntó con un brillo diferente en sus ojos.

13

ANNE SE FUE JUNTO con Logan para que Rossy registrara toda la información que él había proporcionado. Temíamos que el asesino utilizara ese lugar en la web, «la página del fin del mundo», de la que le había hablado Ender a Anne. Sabía lo de la copa llena de sangre, y también conocía la frase que acompañaba las escenas de los crímenes.

Pensé que tenía que hablarle a Anne de la oscuridad. No podía seguir callándolo, porque ella buscaba a un hombre en solitario. La oscuridad reclutaba personas, tal como me había contado Wendy. Cualquiera podía caer ante ella si le ofrecía algo muy deseado. La venganza, la rabia, la culpa o los celos eran razones poderosas. Lo hicieron con mi propia abuela y ahora estaba segura de que mi padre también había sido uno de ellos. Por eso asesinó a mi madre.

Comencé a plantearme en serio la idea de que quien cometió los crímenes estaba realizando una especie de limpieza moral, la que acababa con los primogénitos de aquellos reclutados por la oscuridad. Podía ser parte de la oscuridad y estar aniquilando a los hijos de los traidores, o también podía ser un exmiembro de la oscuridad que buscaba venganza por algo que le sucedió dentro del grupo, propiciado por los padres de quien ahora asesinaba. De cualquier manera, la oscuridad tenía relación con los asesinatos. Además, las acciones criminales de esta persona coincidían con los otros signos de destrucción que habían caído en el corazón del país: el tornado, los pájaros ciegos, el virus en la academia de aviación. Y la matanza de los primogénitos era la última plaga, tal como se establece en las escrituras del cristianismo… ¡Eran muchas cosas las que no sabía!

Me dije que la verdad era que Wendy tenía que explicarme más. Tuve la sensación de que, sin ella, no podría avanzar en la resolución del caso. Era la única que sabía cosas importantes.

«Tengo que contarle a Anne sobre la oscuridad y mis hipótesis».

Eso me dije.

Aguardé en la sala a que ella volviera. Los minutos se me hicieron eternos.

De repente, escuché un ruido violento afuera, muy cerca de la ventana de la habitación. Imaginé una ráfaga de viento intentando llevarse todo consigo. Escuché su silbido. Entonces alguien se aproximó por el pasillo. Era alguien que apenas había entrado hacía pocos segundos al Departamento. También había oído la puerta abrirse y, extrañamente, de repente el lugar quedó en silencio absoluto.

Eran las diez de la noche. Segundos antes había mirado la hora. Los pasos comenzaron a apresurarse.

Entonces reconocí el sonido de la fricción de unas largas pezuñas chocar contra el suelo del corredor.

ME LEVANTÉ.

Intuía el peligro. Pero no me dio tiempo de correr.

La puerta se terminó de abrir de golpe y lo vi.

Un animal de pelaje negro y ojos enrojecidos y brillantes. Sus colmillos, entre blancos y amarillentos, estaban a la vista. Se detuvo en la puerta y me miró. Estaba segura de que iba a atacarme. No era la primera vez que lo veía. La noche que Devin murió asesinado se me apareció en un sueño. No lo había recordado sino hasta ahora.

No sabía si gritar o si quedarme inmóvil. Recordé mi arma, pero era inútil. Este caso, y todo lo que encerraba, necesitaba estrategias y armas diferentes.

«Tu valía… Confía en tu valía».

Una voz —la de mi abuela Denisse— me dijo eso.

El animal continuaba mirándome. Sentí chorros de sudor corriendo por mi espalda. Sabía que era una criatura asesina.

Comenzó a gruñir.

Entonces lo recordé. La noche del asesinato de Devin no fue la primera vez que lo vi. Había soñado con él de pequeña, había sido una pesadilla. Esa misma criatura me miraba en medio de un sueño a los cinco años, el mismo día en el que mi padre mató a mi madre. ¿Cómo había podido olvidarlo?

Moví rápido mi mano derecha hacia la funda de mi arma. Algo tenía que hacer para defenderme. Al menos debía intentarlo. La Glock no estaba allí. La había dejado en resguardo. No tenía cómo defenderme. Así que lo comprendí.

El perro asesino tampoco estaba allí. Lo deduje por el silencio. Era imposible que el Departamento estuviese desierto y que no se escuchara nada desde la salita tan cerca de la puerta. El movimiento entre las oficinas, producto del tornado, se había incrementado, y además siempre teníamos personal de guardia. La salita estaba muy cerca de la salida y en ese lugar siempre se escucharía algo. El animal había aparecido acompañado de un silencio inexplicable. Lo más probable era que estuviese experimentando una visión muy vívida. Eso era confiar en mi valía, explicarme las cosas con lógica. Solo tenía mi razonamiento para enfrentar a la oscuridad, hasta que comprendiera un poco mejor mi pasado. Tenía la impresión de que, si lo hacía, daría con el asesino. El camino era razonar y confiar.

«No eres real».

Dije en voz alta.

El perro desapareció.

Sentí alivio. Como por arte de magia, comenzaron a llegar a mis oídos las voces humanas del corredor y también apareció Lilian. Una música la acompañaba. Provenía de su móvil.

What a Wonderful World...

—¡QUERIDA...!, deberías descansar. No tienes buena cara — dijo ella.

—Estoy bien, Lilian —respondí.

—No me lo parece. Deja que ponga el móvil en silencio. No conozco el número de quien me llama y he estado a punto de cambiar el tono de la llamada, pero luego lo olvido. No me parece adecuado para estos momentos escuchar esa canción. Lo que pasa es que cuando volví a oírla en el restobar, antes de que todo esto pasara, sí me pareció buena idea. En fin..., te estaba buscando. Algunas veces uno olvida las cosas, pero de repente aparece algo que te hace hilar, algo que en tu cabeza relacionas con otra cosa, y eso con otra cosa, y ¡listo!... llegas a aquello que habías olvidado.

Al tiempo en que Lilian hablaba, caminaba hacia dentro de la sala.

—No me estoy explicando bien, últimamente no tengo las ideas muy claras. Lo que he venido a decirte es que no he podido sacar de mi cabeza lo del tatuaje en el hombro de las víctimas en todo el día. Pero después de la visita de Trudy, recordé cuando fui a su casa hace años y ella habló de la universidad, y de unos hallazgos antropológicos en las tribus sudamericanas cerca del Macizo Guayanés. Los indígenas tatuaban su cuerpo con figuras que…

—¿Qué universidad, Lilian? —la interrumpí.

—Trudy coqueteaba con la antropología en ese tiempo, creo. ¿Qué universidad? La de Topeka. ¿Por qué? Lo que iba a decirte era que he estado investigando y creo que la marca es hecha con una técnica ancestral, con un sello como los que se utilizaban en el Medioevo. Supongo que dirás que el Medioevo no tiene nada que ver con las tribus del Macizo, pero es que, como te he dicho, uno puede relacionar dos cosas sin…

—¿Qué tanto conoces a Trudy? —volví a interrumpirla.

—Bastante, diría yo. Desde antes de que sucediera el accidente.

—¿Cuál accidente?

—Uno donde casi pierde la vida. Iba en su coche, ella siempre fue muy osada. Algo pasó. Sé que decidió hacer un giro repentino para evitar que alguien más muriera. No conozco muy bien los detalles. El hecho es que estuvo en paro cardiorrespiratorio por más de veinte minutos. Literalmente, volvió a nacer.

En ese momento, llegó Anne.

—¿Qué sucede? —preguntó.

Lilian tomó su móvil y miró la pantalla. Dijo algo como que tenía que atender y se retiró al pasillo.

—Trudy Malick estudió en la Universidad de Topeka —le respondí a Anne.

—Como muchas otras personas, Alexis —me aclaró.

Tenía razón. Ese hecho en sí mismo no significaba nada.

—Creo que debemos descansar unas horas. Mañana

veremos las cosas más claras y definiremos las acciones a seguir. ¿Te parece bien? —propuso.

Comprendí que Anne me estaba tratando con extrema delicadeza. El asunto de mi padre había cambiado las cosas para ella. Fue cuando pensé en lo que había dicho Logan Callen, que era lingüista. Yo no lo sabía. Comenzó a cobrar sentido para mí la existencia de algunos libros que de pequeña había encontrado en casa. Tenía muy vagos recuerdos en torno a eso.

¿Realmente mi padre estaría preso?

Eso era lo que creía, pero nunca más supe de él.

—¿Estás de acuerdo? —insistió Anne, devolviéndome a la realidad.

—Sí. Está bien —le respondí.

—Kilian Carter se encuentra en la cárcel de Huntsville. Ya he realizado la solicitud de visita. Mañana debemos saber algo. También he hablado con algunos amigos del FBI. Sé que han hecho un estudio de algunos asesinos en esa penitenciaría y quería saber si Carter formaba parte de la muestra.

—¿Qué te han dicho? —pregunté.

—No ha formado parte. Está incluido en un programa de la GEP. Una especie de empresa privada que ha ganado una concesión y se muestra como líder en rehabilitación; el grupo privado Bell, que todos conocen como Correccional Modelo Bell. Ofrece gestión a través de servicios de fe, o eso es lo que difunde. Parece que Kilian ha convencido a todos los expertos de que está rehabilitado —concluyó.

La imagen del cuerpo incompleto de mi madre, vistiendo una prenda celeste que le gustaba mucho, y a mí también, volvió a ocupar mi mente. Me sentí de nuevo una niña de cinco años encontrando el horror en su propia casa.

Tenía que descansar. Anne tenía razón.

Pero no sabía si lograría hacerlo. Porque ese perro

horrendo, la bestia asesina, se había presentado ante mí siempre cuando alguien que yo quería moría. ¿Por quién debía temer? ¿Por Anne? ¿Por Rossy? ¿Por Lilian?

—¿Deseas dormir en casa hoy? —me preguntó Anne.

—No. Estaré bien —le respondí.

En ese momento, había señales de alerta en mi cabeza, pero no supe traducirlas.

16

Las horas siguientes fueron de ansiedad. Llegué a casa, me di una ducha, me puse una camiseta y me dirigí a la cocina.

Preparé un té.

Casi nunca lo hago, pero tomar café iba a alterarme aún más. Ya sentía el pulso de mis manos algo tembloroso, y la cafeína no ayudaría. Tenía demasiadas cosas en la cabeza.

Mi efectividad como agente de investigación estaba disminuida, y eso me dolía.

Por mucho que intentaba concentrarme en las escenas de los crímenes, en lo que había mostrado Logan de la página web, no lograba llegar a nada. Mi propia historia, la de Kilian Carter, la de Denisse y la existencia de la oscuridad, desviaban mi concentración.

Intenté pensar en las personas que me parecían impostoras. Sí. Esa palabra que Wendy dijo se me había quedado entre ceja y ceja. Logan parecía otra persona. Podía ser él. Además, le hubiese resultado muy fácil decir que otro había colgado en la web lo que nos mostró. La oscuridad pudo hacerse con él, aprovechando su capacidad obsesiva. Parecía cercano a Alfred Price. Tal vez los dos estaban confabulados, aunque Price me transmitía cierto extravío y Logan una suerte de desprecio hacia él... Y Trudy Malick se había erigido como una persona de interés para mí, por lo de la Universidad de Topeka. Pero no tenía clara la motivación de quien cometió los asesinatos. A fin de cuentas, no sabía si actuaba a favor o en contra de la oscuridad. Como fuera, se trataba de alguien peligroso y destructivo, movido por motivos intensos que lo llevaban a consumir la sangre de las víctimas. ¿Por qué haría eso? Tampoco estaba segura de que lo hiciera. Era solo una presunción.

Terminé mi taza de té y me asomé por la ventana de la sala.

La niebla cubría la ciudad. No era una niebla normal, continuaba coloreada en tono rosa. Debía ser por las partículas en el aire que había dejado el tornado tras su paso. O puede que yo viera esa coloración sin que estuviese realmente allí. Ya no sabía qué era cierto y qué no.

Me fui a la cama.

Me quedé dormida.

Me desperté a las seis de la mañana. Apenas abrí los ojos, el móvil sonó. Otra víctima, pensé.

Lo tomé. Era Rossy. Sonaba desesperada.

—He tratado de hablar con Anne, pero no responde. He localizado el lugar, la dirección IP desde donde se originaron los mensajes que Logan Callen me mostró. Hace cinco minutos lo logré y...

—¿Y qué, Rossy...? —le pregunté casi gritando.

—¡Que provienen de la casa de Anne! ¡Quien escribió eso estaba en la casa de Anne!

«Ender», me dije.

¡Era Anne quien estaba en peligro!

Por eso el monstruoso perro había estado ante mí. No

supe ver la alerta, el llamado. Fui una tonta. Pude haber estado con ella e irme a su casa. Defenderla.

—Ya le he dicho a la jefa Tonny. Han enviado unas unidades ahora mismo…

El sonido de varias campanas apareció en mi cabeza de nuevo. También la imagen de un cortejo fúnebre: varios coches y muchas personas vestidas de negro.

¡No!

¡No podía perder a Anne también!

17

No sé cómo llegué hasta su casa.

Me dolía el hombro, la cicatriz, como nunca.

Las cosas a mi alrededor parecían no estar allí realmente; la llave del coche; la puerta levadiza del garaje. Y luego la velocidad; la niebla; las luces aún encendidas en algunos edificios de la ciudad. Todo era como pedazos inconexos de una película repleta de escenas fantásticas.

«No, Anne, tú no puedes morir».

Eso me decía una y otra vez.

Me expliqué a mí misma que Ender estaba obsesionado con ella, que siempre lo estuvo, y que la oscuridad detectó esa pasión en él.

De seguro, se había colado en su casa, aprovechándose de su instinto maternal, de su buen corazón.

Imaginé a Ender matando a Inger.

Parecía inofensivo. Tal vez por eso ella lo dejó entrar a su hogar, considerándolo de fiar. Pudo haber puesto una buena excusa para hacer que Inger le permitiera su ingreso. Con Natan habría sido diferente. Pudo ser que el chico se hubiese visto atraído por la inteligencia de Ender, por su timidez. O por la diferencia entre los dos. Nada más lejos para Ender que ser un deportista, un buen nadador. Y como todos los genios de los ordenadores y del mundo virtual, se había atrevido a enviar esos mensajes con información relevante porque pensó que nadie lo descubriría. De hecho, Logan no pudo encontrarlo, pero Rossy sí. Confiaría demasiado en su capacidad. Todo eso lo pensaba de forma caótica, una y otra vez, mientras manejaba como loca a casa de Anne.

Cuando llegué a su calle, vi dos unidades policiales.

Bajé del coche y corrí.

Allí estaba Anne.

De pie, junto a la puerta de entrada. Estaba a salvo. Llevaba una pijama rosa. A su lado apareció uno de los chicos, me miró y luego corrió hacia adentro de la casa.

—Alexis, todavía no puedo creerlo. Rossy me ha llamado. ¡Ender envió esos mensajes! ¿Pero en qué estaría pensando? —preguntó al tiempo en que me ponía la mano en la espalda y me invitaba a pasar.

Dos oficiales se habían quedado en el porche de la casa, pero me pareció que estaban por retirarse.

—¿Dónde está? —le pregunté.

—En la sala. Está arrepentido. Pero yo he tenido la culpa… —respondió Anne.

La miré de forma interrogante.

—He confiado en él. Le he dicho más de la cuenta. Deberían apartarme del caso como medida de precaución. No sé, este tornado me ha dejado más débil, sin criterio. No debí contarle lo que pensabas de la copa llena de sangre. También le dije lo de la figura de la serpiente y el árbol. Le conté lo del pajarito negro que chocó con el parabrisas de mi coche. Él colgó los mensajes en la red para llamar mi atención. Eso me ha dicho. Imaginó que, si yo creía que había información filtrada por allí, pensaría que iba a necesitar de su ayuda y se me haría indispensable. Pero no es un asesino, Alexis. De hecho, su coartada para el momento de la muerte de Inger soy yo misma. Estaba aquí en casa.

Inspiré profundo.

Lo que decía sonaba coherente. Lo que más me importaba en ese momento era que mi compañera, a quien me unía un inmenso cariño, estaba a salvo.

—Si todo está bien, lo mejor es que me vaya. La verdad es que no quiero ver a Ender, y tú deberías considerar negativa esa relación que mantienes con él —le dije algo molesta.

Anne asintió. Sabía que estaba en lo cierto.

—Me había dicho que se iría. Ahora, definitivamente, debe hacerlo y lo hará. No tengas duda de eso. Me ha hecho cometer errores en mi trabajo, y eso no me gusta nada. Tendré que explicarle a la jefa Tonny —dijo de forma contundente.

Supuse que pensaba en la alarma que había creado en el Departamento. No podíamos saber que los mensajes de Ender se debían a la información que Anne le había dado, y temimos que se debieran a que era el asesino. O que, al menos, estaba implicado en los asesinatos de alguna manera.

El teléfono de Anne sonó en ese momento, cuando yo hacía esa reflexión. Era justamente la jefa Tonny.

—¿Asesinada en casa? ¡Oh, Dios! —exclamó Anne después de escuchar a la jefa, y con la mano izquierda tocó la medalla en su cuello.

Las cosas aparecieron ante mí con cartesiana claridad. Era ella a quien realmente quería, y a quien de una forma absurda había excluido del peligro cuando pensé que alguien podría resultar muerto, al ver la imagen del perro. Lo supe desde que Anne tomó la llamada y antes de que me confirmara su nombre.

Habían acabado con la vida de otra persona cercana para mí. Otra vez le había fallado a alguien querido.

—Vamos para allá —dijo y cortó.

—Esta vez ha matado a... —comenzó a decir con voz queda.

18

HABRÍA PODIDO SER ALGUIEN ESPECIAL. Ya lo era.

A pesar de que casi no compartimos tiempo juntas, el que pasamos fue de calidad. Yo tenía tantas cosas que aprender de ella, de Wendy. De alguna manera, sentí que sería como estar con mi abuela de nuevo.

Habían matado a Wendy, y creo que ella sabía que eso pasaría. El beso que me dio en la frente al salir pudo ser una despedida.

Anne y yo fuimos a su casa.

Cuando llegamos, también lo hacía la primera unidad forense.

Supuse que Lilian estaría por llegar.

Bajamos del coche. Luchaba con las ganas de llorar.

—¿Quién la ha encontrado? —pregunté a Anne.

Durante el trayecto, ambas estuvimos calladas. Yo, dolida, y Anne, confusa. Dos muertes en la misma calle de Rossy. Eso era lo que debía estar pensando mi compañera. Si no fuera por Natan Hapgood, en realidad podría pensarse que quien cometía los asesinatos se guiaba por un criterio espacial y que sentía predilección por las personas que vivían en esa calle. No podíamos olvidar que la casa del bibliotecario también se encontraba cerca.

—Un vecino ha visto la puerta abierta, y recordando lo que le pasó a Inger Braun, llamó al 911.

Asentí y continuamos caminando.

Resultaría terrible para mí ver el cadáver de Wendy Tandy. Pero debía hacerlo, llenarme de valor y poner de lado el sufrimiento por un momento. De repente, cuando me dije eso, una fuerza enorme me invadió: la sed de venganza, un inmenso odio. Quería matar al o la responsable de su asesinato con mis propias manos. Entonces recordé las palabras que Wendy me había dicho hacía apenas unas horas. Eran esos sentimientos los que medían al hombre, los que la oscuridad buscaba. Y yo no podía caer en ellos, al menos, no perderme en esas intensidades. Entonces pensé en Wendy. En la calma que transmitía, en su dulzura.

Entré en la casa.

Anne lo había hecho primero. Se hallaba solo a un par de pasos de mí.

La sangre de Wendy llenaba la salita.

Buscamos su cuerpo.

Lo encontramos recostado en la bañera.

—¡Dios mío! —exclamó Anne—. ¡Maldita sea!

Su voz me resultó desgarradora.

—Para matar de esta forma, hay que ser esclavo de una gran pasión. Ser un aniquilador.

Me pareció que Anne había dicho una gran verdad. Descarté a Ender del espectro de sospechas. No solo por la coartada la noche de la muerte de Inger Braun. Una cosa era que estuviera obsesionado con Anne y otra que fuera un asesino capaz de matar así. Podría asesinar a alguien, pero no cortando las arterias de las piernas de las víctimas ni bebiendo su sangre. Era más un obsesivo-pasivo.

Había una intensidad opaca en el ambiente. La del asesino. Yo la percibía.

Era un ser implacable, un impostor. Eso era lo último que me había dicho Wendy. «No es quien dice ser».

—Estoy segura de que no encontraremos algo aquí. Nunca deja pistas. Mejor nos vamos y dejamos a los chicos de la unidad forense hacer su trabajo —propuso Anne.

Dejamos la sala de baño y luego la casa. Nos detuvimos cerca de la puerta. De repente, me di cuenta de algo.

—No ha escrito la frase esta vez —exclamé.

—Eso parece. A menos que lo haya hecho en otra parte de la casa.

Recordé el primer significado que había dado a la frase. Como si un empleado le estuviese dejando claro a su jefe que ya la encomienda estaba hecha, o como si el asesino se lo estuviese diciendo al mundo. Tal vez, en el caso de Wendy, no debía dejar claro ese mensaje.

—Ni ha dejado la daga —completé.

—Pudo haberla dejado afuera, como lo hizo con Natan Hapgood —insinuó Anne.

—No lo creo, Anne. Me parece que mató a Wendy por otra razón. Como si no hubiese tenido más remedio. Como si ella no fuese de las indicadas. Tampoco debe tener en su hombro ninguna cicatriz… —repliqué.

—¿Entonces por qué la asesinó? —me preguntó, arrugando la frente.

—Porque estaba cerca de mí —me respondí para mí misma, pero lo hice en voz alta.

19

Anne no tuvo tiempo de reaccionar a mi comentario, en ese momento vimos a Sebastian Hausmann en la calle, a unos cuantos metros de nosotras. Hablaba con uno de los oficiales que resguardaba el ingreso a la escena del crimen.

—¿Qué hará aquí? —se preguntó Anne. También lo hizo en voz alta.

Cuando Sebastian me vio, mostró su identificación al oficial y este le permitió continuar a nuestro encuentro.

Caminamos hacia él.

—Creo que tengo información relevante para el caso que investigan —dijo después de saludar.

Luego hizo silencio un segundo.

—Me han dicho que podía encontrarlas aquí. Parece que quien comete los asesinatos no se detendrá. No te llamé por teléfono porque pensé que tal vez no atenderías la llamada —me dijo, mirándome. Por algo en su tono, me pregunté si alguna vez me habría llamado y no le atendí. No recordaba haber hecho eso, aunque era cierto que trataba de evitarlo.

—¿Qué es lo que tiene que decirnos, agente Hausmann? ¿Quiere hacerlo ahora mismo? —preguntó Anne.

—Le he comentado a la agente Carter que estoy viviendo en la casa de mi tío, quien en vida fue restaurador de antigüedades impresas, de grabados y escrituras antiguas. Entiendo que han encontrado un libro que recibió la «atención» de sus manos, y que ese libro es de importancia para un caso. Además, por supuesto, estoy al tanto de las noticias, y los medios más audaces han soltado que andan tras una persona que emplea simbologías extrañas. Indagando un poco, descubrí que mi tío Mark tuvo un colega. Un sujeto algo antisocial que compartió en casa largas horas de conversación con él. Al parecer, era un erudito. El sujeto en cuestión era un lobo solitario, extranjero irlandés y sin familia aquí en el país. Puede que él sepa más de los grabados que les interesan.

Me supo a poco lo que dijo. No me parecía una información tan relevante como para habernos interceptado en la escena de un crimen. Sabía que Anne pensaba lo mismo que yo. Tuve la incipiente idea de que Sebastian había ido allí solo para verme. La deseché de inmediato.

—Esto no es todo. Adrián Felt, pues así se llama de quien les hablo, se encuentra en la casa de retiro Garden Felicity. Al parecer está muy ansioso estos días, y más luego del tornado. Ha mostrado una fijación: habla de un árbol y de la serpiente de la oscuridad que ha comenzado a disparar su veneno.

Me puse alerta.

—¿Cómo son sus facultades mentales? —preguntó Anne.

—Van en franco deterioro —respondió Sebastian.

—Tal vez debas ir. Después de todo, esa dichosa imagen es lo único que tenemos en este caso. Estaré al tanto de la búsqueda de Gideon Hapgood. Anda a visitar a Adrián Felt —propuso Anne, dirigiéndose a mí y hablando en tono más bajo—. Apuraré a Lilian para que nos entregue el reporte preliminar y la hora de la muerte de Wendy Tandy. Veremos si esta vez sí podemos concluir algo en relación con las coartadas de nuestros dos sujetos de interés.

Supe que se refería a Price y a Logan. En ese momento, me di cuenta de que no consideraba sospechosa a Trudy Malick. Algo en su mirada me lo sugirió. Para mí sí era considerable el hecho de que hubiese estudiado en Topeka.

—Recuerda que luego debemos hacer un viaje a Huntsville... —completó.

—Podría acompañarte a Garden Felicity —dijo Sebastian—. Podríamos ir en mi coche. Tal vez Felt se muestre más amable si sabe que soy sobrino de su amigo Mark —añadió.

Yo recordé a Wendy. Casi pude volver a verla recomendándome que no impidiera lo inevitable.

20

—Te ves cansada.

Fueron las primeras palabras que Sebastian me dijo cuando ya estábamos en su coche de camino a Garden Felicity.

—Este caso ha sido difícil —alcancé a decirle como única respuesta.

—Ya.

En ese momento, llegó un mensaje de Anne a mi móvil. Me aclaraba que Adrián Felt era el mismo especialista del que le había hablado Ender y también el que identificó Rossy. Ella lo acababa de confirmar. Pero Rossy no había dado aún con su paradero. Sin embargo, estableció que Felt conocía al bibliotecario Ian Kedler y que ambos estaban interesados en las subastas de monedas antiguas.

—¿Sucede algo? —preguntó Sebastian al verme mirar la pantalla del teléfono.

—Nada. Parece que Felt es alguien con quien realmente debemos hablar —respondí—. Me has dicho algo de las monedas de tu tío Mark. ¿Sabes algo de unas monedas medievales con una figura grabada muy similar a la del *Hombre de Vitruvio*?

—Sé muy poco de esas cosas —respondió.

Tuve la impresión de que mentía.

—¿Por qué te interesa tanto? ¿Podrás confiar en mí y hablarme del caso? —me preguntó—. Soy del Cuerpo y puedes hacerlo. De hecho, si quisiera, podría solicitar la información por vías formales.

—Lo sé. Estás por encima del bien y del mal. Así es la Policía de la Policía. De todas formas, tendrías que contar con alguna aprobación por escrito para inmiscuirte. En este caso, no será necesario. Confiaré en ti —le dije.

Pareció sorprenderse.

Le conté lo que sabíamos del asesino, de las escenas. Omití mis visiones y cómo se mezclaba en mí la realidad y la fantasía, obviamente. Tampoco le mencioné que en mi hombro estaba la misma figura que mostraban las víctimas.

—Sí que es extraño. Entiendo por qué desean conocer más sobre los símbolos de las dagas, del tatuaje. Lo más llamativo es la diferencia de caracteres entre Inger Braun, Wendy Tandy y Natan Hapgood. ¿No lo crees? Ellas dos podrían tener cosas en común, por ejemplo la cercanía de sus casas. Pero el chico Hapgood... se sale del tipo de víctima. ¿Y por qué no dejó la daga en casa de Tandy?

El razonamiento de Sebastian era claro, directo. Sabía separar el heno de la paja, hubiese dicho mi abuela. Era una mente despejada, no como la mía, inclinada a divagar. Creo que eso me atrajo todavía más de él. Sentí deseos de dejar todo atrás, los asesinatos, las víctimas, el dolor de la pérdida, y buscar una vida placentera junto con Sebastian Hausmann. Por un segundo lo deseé con mucha fuerza, con una extraña inspiración. Pero sabía que no podía hacerlo. Además, tal vez él no se planteaba nada de eso. Solo le atraía, sin más. ¿A razón de qué yo sería alguien importante en su vida? Me sentí infantil. Disminuí el tono de mi entusiasmo. Solo me acompañaba a una casa de retiro y eso era todo.

—¿Crees que podremos entablar una conversación más o menos eficaz con Adrián Felt? —le pregunté después de algunos minutos en silencio.

—Eso espero —respondió y luego suspiró.

Parecía defraudado.

Tuve la ligera impresión de que de alguna manera había percibido que por un momento deseé, más que cualquier otra cosa, construir una mayor intimidad entre nosotros.

21

EL RESTO del camino nos mantuvimos callados casi la mayor parte del tiempo.

La mañana se mostraba despejada. El mal tiempo parecía ser historia.

No recuerdo cómo comenzamos a hablar, de repente, de películas clásicas, de las escenas icónicas del cine. Luego la conversación derivó hacia las películas de suspenso y horror. Sus alusiones eran sobre todo del cine de terror de los años sesenta y setenta. Las mías eran un poco más intimistas. Ambos conocíamos todas las películas mencionadas. *Psicosis*, *Tiburón*, *Frenesí*. Cosas por ese estilo.

Cuando llegamos a Garden Felicity, situado al norte de la ciudad, me sentí algo más descansada, como si los minutos junto con Sebastian hubiesen sido un bálsamo.

Aparcó su Jeep Wrangler y bajamos.

Experimenté una gran soledad en ese lugar; una especie de desolación, como si allí hubiese mucha más tristeza que compañía.

—Para quienes amamos la libertad, estar aquí debe ser un

infierno —exclamó. Su voz pareció, de repente, la de alguien más joven.

—Puede que no estés del todo consciente de si estás aquí —argumenté.

—Es verdad —concedió.

Llegamos a la puerta principal.

Una mujer vestida de un blanco impoluto, con una identificación pendiendo de una cinta azul, nos recibió.

—¿Son los detectives Carter y Hausmann? Nos ha anunciado su visita la detective Ashton. ¿Quieren hablar con Adrián Felt? —preguntó aunque ya supiera la respuesta.

Mostramos las identificaciones al tiempo en que yo pensaba que era de las personas que hacen preguntas en forma de afirmaciones. Me fijé que sus dientes eran demasiado blancos y que los mostraba con un aire artificial, con exagerada teatralidad. Sonreía cada vez que terminaba una frase.

—Soy Johana Bell, la gerenta de este lugar. En las empresas de gestión Bell, consideramos que la mayor responsabilidad nace del servicio, de las pequeñas cosas.

Creí recordar algo. Ella siguió hablando.

—Hay que vivir para servir, y servir para vivir. —Volvió a sonreír.

Luego nos condujo al interior del edificio.

Se trataba de un lugar de arquitectura antigua, o que pretendía simularla. Tenía paredes de piedra tallada y un gran patio central. Caminamos por uno de los pasillos laterales, detrás de ella. Noté que sus zapatos eran de tacones altos y de suelas rojas. Parecían costosos y nuevos. También noté una tobillera dorada en su pierna derecha.

Se detuvo y abrió una puerta.

Esta tenía una numeración sobre el marco. Era el número 22.

Se hizo a un lado y nos indicó que pasáramos.

Allí estaba un hombre, sentado en una silla frente a un escritorio y a una ventana. Nos daba la espalda.

—Adrián, han venido a visitarte —dijo Johana Bell.

El hombre volteó.

—Los he estado esperando —dijo con una voz sumamente aguda y queda mientras se ponía en pie.

22

El cuello de Adrián Felt estaba cubierto con una venda.

Johana Bell me tomó del brazo y presionó levemente.

—Cree que tiene una herida sangrante en el cuello. Por eso ha pedido unas vendas, y se las ha puesto él mismo. En la organización Bell creemos que hay que intervenir lo menos posible, así que hemos permitido que continúe con su micro-obsesión —me dijo.

Al roce de su mano, tuve una visión.

Un enorme bar lleno de gente, con luces estroboscópicas y música a alto volumen. Las personas solo eran siluetas; bailaban y se movían. Comprendí que Johana Bell no quería estar allí, que su modo de vida era otro, una cosa muy distinta.

—No creo que tengo una herida en el cuello. ¡La tengo! Ustedes no son capaces de ver nada —se quejó Felt.

Johana Bell se fue.

Sebastian entró en la habitación y yo lo seguí. Nos detuvimos muy cerca de él.

—No contamos con mucho tiempo —afirmó Felt.

Después de que dijo eso, comenzó a quitarse la venda del

cuello. Mientras la desenvolvía, se mantuvo callado. Sebastian y yo estábamos expectantes. Cuando terminó de deshacerse de la venda, vimos su piel desnuda. No había nada en ella, pero la venda tenía adherida una hoja de papel en blanco. La tomó y me la ofreció sin quitarme los ojos de encima.

La agarré, pero él no la soltaba.

Lo miré. Entonces la soltó.

Sentí un fuerte olor a vinagre.

—¿Qué significa eso? —comenzó a preguntar Sebastian, pero Adrián lo miró con autoridad. Quería que se callara.

Luego volvió su mirada hacia mí. Había llevado sus ojos al techo por un segundo.

Lo comprendí. Quería decirnos que lo vigilaban. Debía haber cámaras en lo alto de ese lugar.

—Es un papel en blanco, Adrián —dije al tiempo en que lo levantaba, y luego lo guardé en el bolsillo de mi chaqueta con disimulo.

Si alguien vigilaba, creería que no nos había entregado nada de valor, solo una hoja en blanco. Tuve cuidado de que se viera bien ese detalle. Pero yo sabía que sí lo había hecho, que allí había un mensaje. El olor del vinagre me lo confirmó.

Adrián sonrió levemente.

—Ya han comprobado mi herida. Ahora debo buscar otro papel para contener la salida de la sangre. Las vendas no son suficientes, pero valdrán por ahora —dijo.

Y de nuevo envolvió su cuello como antes.

—No tengo nada que decirles. Ni a ustedes ni a nadie. No puedo hablar porque se me acaban las fuerzas. No sé para qué han venido —completó.

—Soy sobrino de Mark Hausmann. Me llamo Sebastian. Nos preguntábamos si podía decirnos algo sobre un libro de grabados que contiene un árbol y una serpiente. También sobre una moneda medieval con el *Hombre de Vitruvio*.

—La imagen también es medieval. La del árbol. La ha creado el mismo Hanot. Ian Kedler lo supo valorar. Pero es un espejo negro. Tanto conocimiento tiene la oscuridad como la luz. Siempre habrá esperanza —sentenció.

Sebastian me miró con ojos interrogantes.

—No comprendemos lo que nos dice, Adrián. Buscamos a un asesino que utiliza esos símbolos de la serpiente y el árbol en una daga —replicó Sebastian.

—Debe ser el elegido para cerrar la fisura. Esa confluencia que deja al descubierto la hendija por donde podría entrar la luz. En la escritura antigua, se habla de los traidores. Los hijos de los traidores fueron eliminados porque estos eran considerados una debilidad de la oscuridad al ser cercanos a quienes una vez la conocieron bien. La serpiente constriñe al árbol, no lo trepa, lo ahorca, lo destruye porque el árbol que creía su sostén para trepar, de repente, brindó frutos y dio vida. Ese es el significado de la imagen, o al menos lo fue en la Edad Media. No sé nada de ningún asesino. Ahora les pido que me dejen en paz.

Hizo silencio y tocó la venda en su cuello.

—Tu tío Mark era un buen hombre. Más sabio que todos. Aún se me aparece en sueños —le dijo a Sebastian.

En ese momento, escuchamos unos pasos.

—¿Conoció usted a Daniel Braun? ¿A Kilian Carter? —me apresuré a preguntar.

No me respondió.

Johana Bell apareció y entró en la habitación.

—Lo lamento, pero ya deben irse. No debemos cansar a Adrián —afirmó.

—Así es. Ya no tengo nada más que decir —completó él —. Ahora necesito yodo. ¡Pida en la enfermería una botellita de yodo! Debo desinfectar mi herida y también quiero más papel. ¡Una hoja de papel para dar soporte a las vendas! —exigió a Johana Bell.

Ella le dijo que pronto se lo traerían. Salimos y Bell cerró la puerta de la habitación.

—Es inofensivo. Pero últimamente ha estado algo inquieto. Extrañamente, cuando le hemos dicho que venían a verlo, se ha tranquilizado un poco —nos comentó mientras caminábamos por el mismo pasillo de antes.

—¿Cuántos residentes hay en este momento? —pregunté.

El lugar parecía desierto y no habíamos visto ni escuchado a nadie más.

—Este es el pabellón solitario. Allá está el comunitario. En él hay cincuenta y tres clientes que atienden varios colegas —respondió señalando al lado derecho de la edificación—. Podrán ver la estructura desde el lugar donde estacionaron —completó.

—¿Las empresas Bell gestionan alguna otra casa de retiro? —pregunté cuando llegamos a la puerta y nos disponíamos a salir.

—También gestionamos algunos servicios de rehabilitación social en la fe —dijo ella y sonrió.

¡Era eso lo que Anne me había dicho! El lugar donde estaba recluido mi padre estaba bajo el mando de estas empresas Bell.

¿Sería coincidencia?

23

MIRÉ hacia el lugar donde Johana Bell dijo que estaba el pabellón comunitario. En efecto, había una edificación por donde entraban y salían personas, y también se veían varios coches estacionados. Se encontraba a unos veinte metros de donde estaba el *jeep*. Antes no la había visto. Algunas veces perdemos de vista las cosas por estar abstraídos, me dije.

Subimos al vehículo.

—Busquemos una… —comencé a decir.

—Farmacia —completó Sebastian.

Lo miré, asombrada.

—Deberías concederme algo más de inteligencia, de diligencia y de imaginación. Así como tú percibiste el olor a vinagre, yo también lo hice. Y la sutil pista que Adrián nos dio, al pedir yodo, completó el cuadro. Esa hoja blanca que te he visto guardar en el bolsillo de la chaqueta debe contener algo escrito por ahora invisible debido al ácido. Es un truco viejo —concluyó.

Estaba en lo cierto. Esa también había sido mi conclusión.

—Se siente vigilado. No sabemos si es cierto o si son suposiciones suyas. Pero veamos qué hay allí —completó él.

En la vía, encontramos una farmacia que recién abría sus puertas.

Compramos una solución yodada y nos sentamos en un banco junto a un árbol. Sebastian sostuvo la hoja de papel y yo apliqué el yodo. Vimos como comenzaban a dibujarse unas letras. Eran pequeñas. A medida que el yodo iba revelando lo invisible, yo iba comprendiendo lo que terminaría de aparecer. Era un grabado que parecía haber sido hecho con un sello similar al del *Hombre de Vitruvio*, pero esta vez el hombre estaba encerrado en un cuadrado que poseía dos líneas cruzadas al medio. Cada una de las líneas del cuadrado y del medio tenía escrita una palabra: venganza, rabia, miedo, culpa, ambición, celos.

—¿Qué crees que signifique eso?

—No lo sé —mentí.

Vimos pasar a toda velocidad, frente a nosotros, una ambulancia en dirección a Garden Felicity.

Me quedé pensativa.

Sebastian me miró y luego desvió la mirada hacia un árbol cercano.

Me deshice de la botellita de yodo y tomé la hoja de Adrián.

—Sebastian. ¿Puedo pedirte algo?

—Claro.

—¿Podrías buscar en casa de tu tío algo que tenga que ver con esta figura?

—De acuerdo. Pensé que me pedirías otra cosa…

—¿Qué otra cosa podría querer de ti? —le pregunté.

—Nada —dijo y sonrió.

Tuve entonces la sensación de que alguien nos estaba observando.

24

Sebastian me llevó al Departamento.

Era media mañana.

Busqué a Anne y le dije que teníamos que hablar. Fuimos a mi oficina y, una vez adentro, cerré la puerta. Inspiré profundo. Le pedí que se sentara y yo también lo hice. Le conté lo que nos había dicho Adrián Felt. También algunas de las cosas que me había contado Wendy. Le estaba revelando algo de lo que sabía sobre la oscuridad, aunque no todo. No le hablé de mi abuela ni del péndulo. Reviví segundo a segundo lo vivido con Wendy. Anne me escuchaba con atención.

—¿Me estás diciendo que el asesino está relacionado con esta secta que existe desde hace mucho tiempo, o que ha sido, digamos, revivida por un grupo de personas relacionadas con la Universidad de Topeka?

—Eso creo, Anne.

—Pero Felt no te dijo nada realmente sobre el asesino. Más allá de ese asunto semiótico de la serpiente y el árbol y lo de la fisura. No lo veo tan claro, Alexis. Es decir, quien cometió los crímenes conoce esos símbolos, lo concedo. Por eso deja las dagas, intentando dar un mensaje. Las víctimas también los conocen, por eso llevan ese tatuaje. En tu caso, no sé cómo ha aparecido en tu hombro esa imagen. ¿Es posible que alguien te la haya hecho sin que lo supieras? ¿Que te haya sometido a alguna sustancia que te hiciera perder la conciencia para hacerte esa cicatriz que, de alguna manera inexplicable, aparece poco a poco? —me preguntó.

—No lo sé, Anne. Algunas veces me siento vigilada. A menos que vertieran algo en lo que consumo en casa, pero tendría que ser algo muy fuerte que me llevara a la inconsciencia y que luego no dejara rastros. De hecho, duermo muy poco y no creo que haya pasado algo así —le respondí.

Yo tampoco tenía una respuesta sobre la aparición espontánea de esa figura en mi hombro, pero me temía que la explicación no fuera tan sencilla como la que sugería Anne.

Dudé de si decirle lo del péndulo, pero no lo hice. Había encajado muy bien lo de mi empatía y lo que ahora le contaba sobre la oscuridad, pero no debía seguir tensando la cuerda y contarle de más. Después de todo, estaba siendo muy comprensiva con algo que era nuevo para ella.

—Creo que nuestra mejor apuesta es reconstruir las pocas pistas que tenemos, que se basan en esos dichosos símbolos. Price, Logan y Malick no tienen coartada para los momentos en que ocurrieron los asesinatos. Sí, he incluido a Malick. Confío en tu criterio, y si te pareció de interés que estuviese ligada a la Universidad de Topeka, lo respeto. Además, ella nos trajo el libro, y eso pudo ser solo para que desviáramos nuestras sospechas o la creyéramos de nuestra parte. Lo mismo hizo Price. A la hora de la verdad, nada de los que nos han dado nos ha permitido avanzar en el descubrimiento de la identidad del asesino.

—Sí. Pueden haber sido todos pistas falsas… —concedí.

Anne hizo un gesto con los labios. Luego se levantó y caminó hasta detenerse frente a la ventana.

—¿De verdad crees que tome la sangre de las víctimas? —me preguntó. Noté espanto en las notas de su voz.

—No lo sé, Anne, pero es una explicación para ese círculo de sangre. Esa idea se me metió en la cabeza apenas lo vi. Y también que el chico Hapgood quería a quien lo asesinó. Estaba encandilado con él o con ella —respondí.

—Parece mentira… ¿Has visto cómo está el día de hoy? Ha amanecido como si nada, es un día radiante, sin una mínima nube. Un clima envidiable… —dijo.

Entendí a lo que se refería. Ambas sabíamos que, aunque todo pareciera brillar, la maldad estaba acechando. El asesino bebedor de sangre estaba allí afuera y no teníamos idea de quién era.

—Si no obtenemos una pista certera, algo grande ahora mismo, continuaremos perdidas. He repasado cada detalle y no veo nada. Tal vez debamos pedir ayuda al FBI —dijo y una sensación de fracaso quedó suspendida en el ambiente.

25

La puerta de la oficina se abrió de forma abrupta.

Martín Brody, el novio de Rossy, apareció tras ella. Noté que su frente estaba sudorosa.

—Sé que no es justificación, pero es que cuando me meto en el ordenador me olvido del mundo, y no ha sido sino hasta ahora, que he ido por un sándwich, que me he enterado de la muerte de esa señora, Wendy Tandy. Creo que vi al asesino ayer llegando a su casa.

—¿Qué dice…? —preguntó Anne.

Yo también pregunté lo mismo, pero en voz más baja.

—Siéntese, por favor —le pedí y le señalé una de las sillas frente al escritorio.

Anne caminó rápido para sentarse junto a él, en la otra silla.

—Quería darle una sorpresa a Rossy. Llevarle a Dorinda. Fui a buscarla a la casa de Wendy Tandy. Llegué y llamé a la puerta. Wendy abrió. Le hablé de mi plan. Pero Dorinda no apareció. Me dijo que se había ido de casa. La verdad, no pude creerle. Supuse que se había encariñado con la gatita y no quería devolverla. Me dije que más adelante enmendaríamos esa situación y me despedí de ella. Cuando estaba saliendo en el coche, lo vi llegar. Eran más o menos las diez de la noche. Estoy seguro de que un hombre se detuvo frente a la casa de esa mujer y caminó en dirección a la entrada. Él no me vio. Debió creer que nadie lo observaba. Después de todo, habrá visto solo un coche partir. No había nadie más en la calle.

—¿De quién está hablando, Martín? —pregunté.

—De un hombre. Algo desgarbado. Usaba una gorra…

Anne lanzó una breve exclamación.

Tomé el móvil y ella también cogió el suyo. Como estaba más cerca de él, logró mostrarle más rápido una imagen que había abierto en la pantalla. Yo también hice lo propio unos segundos después.

—¿Es este el hombre que vio? —preguntó Anne.

—No —respondió el novio de Rossy.

—¿Y este? —pregunté yo. Sabía que Anne le había mostrado la foto de Ender. Lo apreciaba, y noté que la ligereza en su acción obedecía a la necesidad de aclarar si él era un asesino. Pero yo no había pensado en Ender.

—Sí. Ese es el hombre que vi —afirmó Martín Brody al mirar mi teléfono.

Le había mostrado una imagen de Logan Callen.

—¿Está seguro? —preguntó Anne.

—Completamente —respondió Martín con la voz un poco más alta.

Al momento de responder, me devolvió mi móvil. Por un segundo su mano y la mía sostuvieron el aparato. Entonces, una imagen vino a mi cabeza. Me vi a mí misma dentro de mi piso, tras la ventana. Luego me vi llegando al Departamento, saliendo de la casa de Inger Braun y luego en las afueras del Centro de Natación James Pit. También en un banco, el cercano a la farmacia donde compré la solución yodada, junto con Sebastian. ¡Estaba viendo a través de los ojos de Logan Callen! ¡Él me había estado acechando todo ese tiempo!

De repente, todas esas imágenes se esfumaron y me quedó una sensación de vacío y de rabia, de celos. No era mía. Eran los sentimientos que debía haber experimentado Logan al espiarme.

—No tengo ninguna duda. Fue a este hombre a quien vi llegar a la casa de la vecina de Rossy —insistió Martín Brody.

Enseguida, Anne tomó su móvil y llamó a Lilian Peterson. Quería saber si podía decirle la hora de la muerte de Wendy. Al menos, de manera preliminar. Lilian lo hizo. Anne movió la cabeza en señal de aceptación y cortó la llamada.

—Debemos buscar a Logan Callen de inmediato — exclamó.

26

Fuimos a la casa de Logan, acompañadas de una unidad de detención.

Todo sucedió muy rápido para mí: la salida del Departamento, las calles, la llegada a la casa. No podía creer que fuera el asesino de Wendy, de Natan, de Inger. Pero si lo pensaba bien, todo coincidía; esa lectura que tenía de él sobre que era un sujeto que no encajaba, ensimismado, inteligente y capaz de desarrollar una gran obsesión.

Recuerdo que, cuando toqué la manija de la puerta para bajar del coche, se me ocurrió por primera vez la idea de que hubiese sido el propio Logan quien asesinó a Devin. Lo encontré «casualmente» horas antes de su asesinato y también apenas llegué a Wichita, la noche que conocí a Anne. Ahora pensaba que aquello tampoco había sido casualidad y que desde ese momento Logan Callen me estuvo observando.

Me adelanté a Anne. Apuré el paso. Ambas llevábamos las armas desenfundadas.

La unidad armada de detención hizo su trabajo. Uno de ellos derribó la puerta y tres más entraron a la casa. Luego lo hicimos Anne y yo. Al poco tiempo, nos dimos cuenta de que estaba limpia. No había nadie en el interior.

Miré el área de la cocina. Algo llamó mi atención.

Una de las hornillas eléctricas mostraba una luz encendida. Había sido usada hacía poco tiempo. En otra hornilla, más atrás, había una tetera, y un poco más lejos, junto al lavaplatos, una taza y una pequeña cucharilla sobre un papel secante.

—Ha estado aquí hace poco tiempo —le manifesté a Anne.

Me quedé mirando la cucharilla. Como si este objeto me recordara algo.

Uno de los agentes se comunicó con el Departamento por medio de su dispositivo satelital. Anne lo hizo con la jefa Tonny.

De repente, escuché que otro de los agentes dijo que alguien se acercaba a la casa. Nos dirigimos hacia afuera.

Detuvieron su camino a pocos metros de la entrada. Se trataba de Alfred Price.

—¿Qué está pasando? ¿Dónde está Logan? —preguntó en voz muy alta. Estaba alterado.

Antes había manifestado una gran repulsión, a través de la mirada, hacia el agente que impidió el paso.

Nos miró a Anne y a mí.

—¿Le ha pasado algo a Logan? —volvió a preguntar, esta vez con un brillo de terror en los ojos y un gesto en sus labios temblorosos.

—No ha pasado nada aquí, Price. Aguarde —pidió Anne.

Nos apresuramos a llegar junto a él.

—¿Por qué está aquí, Alfred? —pregunté sin quitar la vista de sus ojos. Me parecieron más claros que nunca.

Él se quedó inmóvil y me devolvió la mirada.

—Porque habíamos quedado en sostener una reunión de trabajo. Les he dicho que me asesora.

Estaba mintiendo.

—¿Ha estado aquí hace poco tiempo? ¿Tiene usted llave de esta casa? —interrogué.

—Sí. Logan me la ha dado —respondió.

—¿Por qué salió después de preparar y tomar el té? ¿Fue usted? —insistí.

—Sí. Yo lo hice. ¿A qué vienen todas estas preguntas?

—¿Sabe si Logan Callen conocía a Inger Braun, a Natan Hapgood o a Wendy Tandy? —preguntó Anne.

—No tengo la más mínima idea —dijo Price algo más recompuesto. Su voz ahora parecía más tranquila.

En realidad, había estado preocupado por la seguridad de Logan. Entonces comprendí que lo unía a él algo muy fuerte. Era ese descontrol que había percibido antes en Price cuando fue al Departamento. Lo había visto otras veces, ese desvarío causado por una persona que transforma el orden en caos con poca cosa; con aparecer ante nosotros, con hablar, reír. Jamás hubiese pensado que un hombre como Alfred Price hubiese perdido la cabeza por alguien como Logan, pero en cuanto a esa atracción avasallante, nada está escrito. La atracción del negativo; no podía imaginar dos hombres más diferentes. Pero yo conocía a Logan Callen, y él no era homosexual. No lo era antes ni tampoco ahora. Pensé que solo Price estaba sumergido en el deseo, y que Logan lo había utilizado. Por eso fue que tuve aquella impresión cuando hablaba de las campanas, de la idea de Price de dotar a los pilotos de esos objetos. Se burlaba de él.

—¿Tiene alguna idea de por qué Logan Callen lo dejó plantado? —pregunté.

—No lo sé. Me cansé de esperarlo, salí de aquí, pero luego volví.

«Se arrepintió. Está subyugado por completo y no quiere fallarle», me dije.

—Bien, Price. Debemos efectuar un registro en esta casa. Le pido que se dirija al Departamento dentro de un par de horas. Tendremos que entrevistarlo nuevamente, ahora enfatizando su relación con Logan Callen y todo lo que sabe de él —ordenó Anne.

Price asintió.

Se dio la vuelta y comenzó a caminar hacia su coche.

Lo había estacionado en la calle. Tras la unidad policial.

Me quedé observándolo, su caminar pausado. Al final, se controló. Deseaba saber la razón por la cual buscábamos a Logan, pero no la preguntó. Tal vez, en el fondo, Alfred Price sabía que lo que fuera que sentía por Logan no era correspondido. Puede que, de la misma manera, supiera que Logan era movido por intereses muy distintos a los que a él siempre lo habían motivado.

Sentí pena por Price. Por uno de los hombres más atractivos que había visto en mi vida.

Me pareció que era como un hermoso héroe perdido, extraviado en un sentimiento unidireccional.

27

—¿Qué piensas? —me preguntó Anne.

—Que...

—Está colado por Logan. Yo también lo pienso —se respondió ella misma, interrumpiéndome—. No necesito tu habilidad para darme cuenta. Salta a la vista. La pregunta es si es cómplice de Logan o lo ignora todo.

—Creo que no sabe nada. No temía ser descubierto, ni siquiera que Logan fuera descubierto. Temía que le hubiese pasado algo malo —argumenté.

Ambas volteamos hacia la casa. Uno de los agentes que se había quedado dentro unos minutos más nos llamó. Quería mostrarnos algo. En la habitación de Logan había una caja llena de fotos mías. La primera cuando era psicoterapeuta en Topeka, la última junto con Sebastian, apenas hacía unas horas.

—¿Lo sabías? —me preguntó Anne cuando nos apartamos un poco del agente que hizo el hallazgo.

—Lo sospechaba. Lo de la obsesión, pero no lo de los asesinatos.

Dimos la orden de mantener la casa tal como estaba.

Anne llamó a un equipo de unidad forense. Antes miramos todas las habitaciones y no encontramos nada que nos probara que Logan era el asesino.

Volvimos al Departamento. La jefa Tonny dio la orden de búsqueda de Logan Callen en todo el estado. También nos informó que el cadáver de un hombre había aparecido en el río Arkansas. Era un analista informático de nombre Roy Scheider. Al principio pensamos que se trataba de Gideon Hapgood, pero no resultó así. El hombre era mucho más joven.

Dieron las ocho de la noche sin lograr ningún avance.

A Logan Callen y a Gideon Hapgood parecía que se los había tragado la tierra.

Decidimos irnos a casa. Prometí a Anne cuidarme.

La jefa Tonny ofreció poner vigilancia en mi puerta, pero la rechacé.

Yo tenía la sensación de que una clave importante estaba en mi cabeza. Repasé todo lo vivido durante el día. Cada vez me convencía menos de que Logan Callen fuese el asesino. Pudo haber ido a casa de Wendy por alguna otra razón, pero ¿cuál?

De camino a casa, recordé a Wendy y lloré. También tenía presente que debía ir a encontrarme con mi padre, y me sentí desesperanzada.

Cuando llegué a casa, apagué el coche y volví a sentir un frío de muerte. No había nadie en ese lugar. Una de las luces del techo parpadeaba. Apoyé ambas manos sobre el volante y descansé la frente en ellas un segundo.

—¿Qué es lo que no consigo descubrir? ¿Por qué estoy tan descentrada? —me pregunté a mí misma en voz alta.

Sentí un escalofrío.

Toqué mi hombro a la altura de la cicatriz. No me dolía.

Lo hice a través de la tela de la chaqueta. Recordé el papel con la escritura de vinagre. El que me había dado Adrián Felt. Lo saqué y volví a mirarlo.

«Celos… Celos… ¿Por qué ahora me fijo en esa palabra?», me pregunté.

Escuché el graznido de un pájaro, pero no lo vi. Miré a ambos lados por las ventanillas del coche. Entonces, llevé instintivamente la mano derecha a la frente.

Tuve una visión al hacer contacto con el preciso lugar en el que Wendy Tandy me besó cuando se despidió de mí.

Era un árbol. Sin serpientes, sin pájaros negros. Un árbol solitario…

¡Ella me dijo eso! ¡Me habló de un árbol solitario cuando volvió de su cocina!

Encendí el coche otra vez y tomé rumbo a la casa de Wendy. Me pregunté muchas veces durante el camino por qué no había mirado bien antes, por qué me había querido ir de allí tan rápido. Ahora estaba dispuesta a entrar de cualquier manera a la casa.

Llegué y, tal como esperaba, la unidad forense ya había terminado de levantar la escena. La puerta tenía el precinto policial. No había nadie allí. Me bajé del coche y corrí. Pero no sentí tristeza. De alguna manera, logré superarla. Di la vuelta a la casa y busqué entrar por la puerta trasera. Pensé que lo que Wendy quiso decirme, a donde quiso conducirme no era hacia dentro de la cocina, sino justo allí, afuera, cerca de la puerta. Había un rosal y a menos de un metro encontré un árbol. Era un ciprés. «El árbol solitario, un triste ciprés».

Cavé con mis propias manos. Solo un poco.

Allí había una pequeña bolsa gris y, dentro de ella, un sobre y el anillo con el péndulo de Brais. Wendy me lo había dejado a mí. Estaba segura. Esa era la esperanza de la que hablaba. Me sentí como una niña ante el mejor regalo. Tomé el sobre y el anillo y volví sobre mis pasos.

No veía la hora de llegar a casa. Olvidé que podía estar en peligro.

Cuando entré a mi piso, cerré la puerta, puse el seguro y, con manos torpes, abrí el sobre.

Querida Alexandrina:

Si lees esto es porque ya debes relevarme y continuar. No olvides lo que te he dicho del péndulo. Si lo empleas con juicio y con confianza, lograrás aclarar tu capacidad empática.

Eso era todo. Al principio me pareció poco, pero luego comprendí que el péndulo lo era todo. Era el arma más fuerte contra la oscuridad. Había muchas cosas que no lograba entender, pero sí sabía que Wendy me había dejado su objeto más preciado. Las palabras estaban de más.

Guardé el papel en el sobre y lo dejé sobre la mesita de la entrada. Luego me puse el anillo. Agradecí a Wendy.

Caminé hasta la sala y me serví una copa de vino. La botella estaba abierta sobre la mesita junto al sofá. No recordaba haberla descorchado, quizá era producto de la emoción.

Brindé por Wendy y por mi abuela Denisse, por Anne, por Rossy y Lilian. Por todas las personas que de alguna manera nos enfrentábamos a la oscuridad, con o sin saberlo.

Tomé dos tragos.

En ese momento, sonó el timbre de mi casa.

Dejé la copa en su lugar y me dirigí a abrir. Me llevé una sorpresa.

—¿Qué haces aquí? —le pregunté a Sebastian.

—Tú sí que sabes dar una calurosa bienvenida —respondió.

Me aparté para que pasara.

—Solo quería saber si te encontrabas bien —me dijo en voz más baja.

—Sí. Ahora estoy bien —le dije. Era la verdad.

Cerré la puerta y le indiqué que continuara avanzando por el pequeño corredor.

Lo hizo y yo le seguí.

Cuando estuvimos en la sala, él se detuvo de repente y volteó.

De pie, uno frente al otro, sentí un gran impulso de besarlo.

Sus ojos mantenían la mirada clavada en mí.

Estoy segura de que él también pensaba en besarme, pero sentí una gran resistencia de su parte.

Levantó la mano derecha y acarició el contorno de mi cara.

—Solo quería saber si en realidad estabas bien. Ese encuentro con Adrián Felt me dejó inquieto —manifestó con voz apenas audible.

—Ya te lo he dicho. Estoy bien.

Sebastian desvió su mirada y echó un vistazo rápido a la sala. Se fijó en la botella de vino.

—Iré a hacer algo que había olvidado. Veo que estás en buena compañía —dijo refiriéndose a la botella.

Entonces me aparté y él caminó hacia la salida. Vi su cuerpo de espaldas alejarse de mí. No comprendí la razón de su partida. Parecía que estaba huyendo. Como si de repente se hubiese arrepentido de haber venido. No quería que se fuera, pero tampoco fui capaz de detenerlo. Algo me lo impedía.

Vi como abrió la puerta. Sin voltear, me dijo que la asegurara a su salida.

—Te veo pronto, Alexis Carter. Cuídate —me dijo y luego se detuvo.

Pensé por un instante que volvería a entrar, pero solo se dio la vuelta para cerrar. Me miró un par de segundos y luego se fue. Escuché la puerta cerrarse tras él.

Inspiré profundo. No entendía nada.

Volví a mi vino. No podía negar que la extraña visita de Sebastian me había dejado inquieta, excitada. Además, me gustaba que se preocupara por mí.

Serví más en la copa. Me senté en el sofá y me quedé mirando un punto en el vacío después de beber. Comencé a sentirme mareada. Me dije que no era para tanto, Solo había tomado una copa y algo más.

Escuché pasos afuera que se detuvieron frente a la puerta. Otra vez el timbre. Sabía que Sebastian volvería. No tuvo sentido lo que había hecho. Irse de esa manera… Me levanté y me dirigí a la puerta. Algo pasaba con mi equilibrio. Tropecé con la mesita de junto. Toqué mi rodilla y lancé una exclamación sin quererlo. Abrí. Creo que sonreía al hacerlo. No era Sebastian. Comencé a ver borroso. Demasiado tarde me di cuenta de que el asesino era quien estaba frente a mí.

Escuché campanas… No, no eran campanas. Era el tintineo de una cucharilla al interior de una taza. Alguien vertía azúcar en una taza de café y revolvía. Ese fue el sonido que reconocí cuando esta persona nos hablaba… ¿Quién pondría azúcar a su café y revolvería tan tranquilo cuando algún ser querido se encontrase en peligro? Todo estaba en mi cabeza y esta persona no era quien decía ser.

Juliet tenía razón. Ese fue mi último pensamiento antes de desmayarme.

PARTE IV

1

Un hombre escribe unas palabras en el teclado de un ordenador.

Una mujer sonríe al leer en su habitación el mensaje. Decide responderle de inmediato.

—¿Qué has dicho, Busy? ¿Crees en realidad que es hora de que nos conozcamos personalmente? Eres impredecible. Ayer me dio la impresión de que no era eso lo que deseabas.

Ella esperaba, ansiosa, la respuesta. Sentía el latido de su corazón muy acelerado.

—Lo he pensado mejor y creo que debemos dar el paso, trascender lo virtual —escribió él. Luego sonrió.

Estaba muy complacido. Ya casi no recordaba lo que lo hizo pertenecer a la oscuridad, y cuando lo hacía, el recuerdo significaba otra cosa. Se trataba del recuerdo de aquella tarde en que se descuidó solo un segundo por algo que sucedía dentro de la tienda. Alguien llamó su atención y, sin quererlo, desvió la atención de Colette. Y la pequeña Colette caminó muy rápido y luego corrió hacia afuera de la tienda. Un inútil entró por unos cigarrillos y ni siquiera se dio cuenta de que la niña había aprovechado para salir al exterior. El imbécil continuó hablando por el móvil y riendo a carcajadas. Él corrió, lo derribó y salió, pero ya era tarde. La niña había cruzado la calle y un coche terminó atropellándola. Murió en el acto. Cuando se acercó a Colette, sintió que él también moría y que otro ser, alguien oscuro, sin rostro y sin alma, se apoderaba de él. Colette estaba sobre el asfalto y había un gran charco de sangre debajo de ella, su sangre... En ese momento, todo era negro y borroso, menos la sangre brillante de Colette. Puso la mano sobre ella, y se convirtió en el ser tenebroso y sediento de sangre que ahora era.

La mujer en su habitación estaba escribiendo para responderle. Había picado el anzuelo.

—Busy, estoy feliz. ¿Me dirás tu verdadero nombre? Tengo dos años llamándote Busy, y tú a mí Butterfly. Mi verdadero nombre es Rossy —escribió ella.

El hombre se apresuró a responder.

—El mío es Martín Brody —escribió.

Se sentía poderoso, sin culpa y sin miedo. El accidente de Colette, sucedido diez años antes, había sido el origen de su nuevo e invencible yo, porque desde ese momento no volvió a querer a nadie más, y todos en el mundo fueron para él como el conductor del coche que atropelló a su hija, como el chico de las carcajadas de la puerta de la tienda; seres inútiles y dañinos, solo depósitos de sangre que esperaban a que él la bebiera.

Rossy estaba escribiendo mientras él se regodeaba en sus sombras. Pensaba en lo ventajoso que había sido su encuentro con la oscuridad después de la muerte de Colette. Recordó al hombre vestido de negro de pies a cabeza que se le acercó en el cementerio. Le había preguntado si quería ser poderoso, si quería tener visión de águila gracias a un nuevo nutriente y si quería trabajar para la corporación más antigua de la historia.

Gracias a eso ahora estaba allí, engañando a Rossy García para estar más cerca de Alexis Carter. Sentía celos de ella, de Alexis. Parecía ser muy importante para la oscuridad y no comprendía por qué. No le gustaba cuando eso pasaba, cuando no contaba con toda la información. Se decía muchas veces que era más que un sicario contratado para asesinar personas. En primer lugar, no le pagaban dinero como a un asesino a sueldo cualquiera. Le pagaban con algo más valioso. Y en segundo lugar, poco a poco se había ganado un puesto importante. Si no, no le hubiesen encomendado la misión que estaba llevando a cabo.

—Estoy lista para verte. Ha sido emocionante que no nos hayamos visto la cara hasta ahora. Ni siquiera una foto. Es como ir contra la corriente ahora que todo es tan «visual». Nosotros mantuvimos de alguna manera el misterio hasta el final. Es ingenioso que sepa tanto de ti y que no haya visto nunca tu rostro, ni tú el mío. Se lo he contado a algunas personas en la oficina, y una de ellas, llamada Juliet, no lo ha comprendido. Le parece una tontería, pero a mí me parece que es ella la tonta.

—Casi nadie entendería esto, querida Rossy. ¡Me encanta tu nombre! —escribió el hombre. Él, por supuesto, ya lo sabía. Conocía todo sobre ella y también acerca del verdadero Martín Brody. El hombre que acababa de asesinar y lanzar al río. Un tonto útil.

Recordó cuando, mandado por la oscuridad, fingió un encuentro casual con Martín Brody. Le fue fácil lograr que confiara en él. Solo tuvo que explorar un poco el mundo de los *nerds*, los intereses, las motivaciones. Y al cabo de pocos minutos, se hizo su amigo. Luego lo asesinó.

—¿Entonces quedamos en vernos el viernes? —escribió Rossy.

—Sí. No puedo con la emoción de verte por primera vez.

De ver tu cuerpo, porque ya te conozco por completo —
escribió él.

Apagó el ordenador del hombre que acababa de matar.

Se dirigió a donde había dejado la cartera de su víctima,
quien mantenía una relación virtual con Rossy, y que él había
lanzado al río Arkansas. La abrió y se dio cuenta de que había
cometido un error. Su memoria le había jugado una mala
pasada. Su nombre no era Martín Brody, sino Roy Scheider.
¡Lo había relacionado sin quererlo! Era su clásico preferido,
Tiburón. Había confundido el nombre ficticio del personaje de
la película con el nombre verdadero del informático que
mantenía la relación virtual con Rossy García. Cuando ella le
había preguntado su nombre, hacía pocos instantes, hizo la
asociación de ideas y cometió el error de decirle que se
llamaba Martín en lugar de Roy.

Pero no era para tanto, se dijo. Ese error no debía ser un
problema para él. Nada era un problema para él ahora que se
alimentaba de sangre humana, que era el hombre más poderoso de la Tierra.

2

—Eres especial para la oscuridad.

Esas palabras escuché cuando desperté. Sentí mucho dolor en la cabeza y en el cuello. Estaba dentro de la bañera en mi piso. Mis manos estaban atadas a mi espalda.

Martín Brody estaba mirándome, sentado en una silla que sacó de la cocina.

Pensé en Sebastian. ¿Por qué no lo había detenido? ¿Por qué había tomado de la botella de vino si no recordaba haberla abierto? ¿Es que la cicatriz en mi hombro no me decía a cada hora que yo sería una víctima de la oscuridad? ¿Y la providencial mención de Anne sobre que alguien hubiese podido adulterar algo en casa no me había prevenido?

—No sé por qué. Pero hoy es tu último día… —me dijo.

Sobre el lavamanos vi la copa.

Era dorada y repujada.

Las imágenes de las víctimas vinieron a mi cabeza, el cuerpo de Inger Braun, el del joven Natan y el de Wendy. Sobre todo el de Wendy. No podía entrar en pánico. Tenía que intentar retrasar lo que sabía que iba a hacer conmigo.

—Supongo que tendrás preguntas —dijo y sonrió al tiempo en que sacó del bolsillo de su chaqueta una daga afilada.

¡Maldito seas! —exclamé.

Tenía que pensar en algo. Parecía que quería que le preguntara cosas. Era un hombre envilecido y endiosado. Tal vez estuviese enamorado de su propia voz.

—Sí tengo preguntas. ¿Por qué mataste a Wendy Tandy?

—Esa es buena. No estaba en el plan original, pero me llegaron esas órdenes y soy un buen soldado. Está muy bien que no me hayas preguntado si maté a Inger y a Natan porque creo que la respuesta es obvia. Evidentemente, fui yo quien los asesinó —respondió.

—¿Por qué culpaste a Logan Callen?

—Porque Rossy me dijo que tú sospechabas de él. O Anne. El hecho es que una de las dos le pidió que lo investigara. Eso me dio la idea. Es otro tipo raro —me dijo.

—¿Vas a matar a Rossy? —le pregunté.

—¿Cómo sabes que aún no lo he hecho? —me respondió.

Puso la daga sobre sus piernas.

—Es un error muy común dar por sentado las cosas. Has dado por sentado que ella está viva, así que tu pregunta no es buena. De todas formas, te aclaro que tu amiga Rossy sigue respirando y no sabe nada de esto. Lo mejor será cuando yo desaparezca. Estará muy triste después de todo lo que ha compartido conmigo.

Estaba mintiendo. Lo presentí. Cuando dijo la palabra «conmigo» pensaba en alguien más. Fue cuando comprendí lo que intentó decirme Wendy. Es un impostor, no es quien dice ser. Y lo que me dijo Juliet, llena de rabia, terminó de completar el rompecabezas. Rossy había desarrollado una relación virtual con alguien y ahora este asesino se había

hecho pasar por él. Era tan inverosímil que eso estuviese sucediendo, pero todo encajaba.

—Tú no eres Martín Brody —exclamé.

Dio un golpecito en una de sus rodillas.

—¡Muy bien, Alexis! Ahora te pones más interesante. El
mundo de los *nerds* es ingenuo. Mucho. Es cierto lo que dices.
El pobre hombre estuvo dándose un chapuzón en el río.
Ahora puedo confesarte un error que cometí con tu amiguita.
Ese sujeto no se llamaba Martín Brody, sino Roy Scheider. A
veces mezclamos la realidad con la ficción.

Lo comprendí, y no sé cómo no lo vi antes si hacía poco
tiempo había estado hablando con Sebastian de las películas
clásicas y mencionamos *Tiburón*. Luego la jefa Tonny me
habló del cuerpo en el río y dijo su nombre.

—¿Por qué mataste a Inger Braun y al chico Natan? Él te
quería —le dije.

Tomó la daga con rabia.

—¿Cómo sabes eso? —preguntó en un grito.

Se levantó de golpe.

Me di cuenta tarde de que no debí hablarle de los sentimientos del chico. Era un asesino que odiaba las emociones
humanas. Pero justo allí debía estar su punto débil.

«Confía en tu valía, Alexis», dijo una voz dentro de mí.

3

—¿No te gusta que te amen? —pregunté.

Volvió a sentarse. Lo de antes había sido un arrebato y ahora lo había controlado.

—Era un chico iluso. Terrible la relación con el padre. Pero su sangre fue un regalo para mí. Era un joven deportista. ¿Has probado alguna vez la sangre humana, Alexis? —me preguntó.

—¿Qué hizo Gideon Hapgood para que mataras a su hijo? —continué.

—No lo sé muy bien. Fue un traidor y un cobarde. Entiendo que ha desaparecido. Creo que él mismo fingió su muerte. Yo no lo he matado. Él no estaba en la lista.

—Es decir, que tú matas a las personas sin saber por qué. Eso no es ser un soldado, es ser un tonto útil, un recadero —le dije para provocarlo.

Era un hombre engreído. Quería que volviera a perder el control. No tenía un plan para escapar, pero sacarlo de su zona de confort era lo que intuía mejor para mí en esa situación. A todas luces, planeaba matarme, y para hacerlo debía tener la cabeza fría. Me pareció de los hombres a los que no les gusta fallar. ¿Por qué sería así?

Me di cuenta de que mi provocación hizo efecto. Me lanzó una mirada de odio.

—¡Eres una mujer impertinente! —gritó.

Su voz retumbó en la sala de baño. En ese momento, dudé de que mi plan funcionara, que sacarlo de sus casillas fuera lo mejor para mí.

«Tu valía», volvió a susurrar aquella voz interior.

—No me engañas, estás muerta de miedo. Puedo olerlo. Puedo oler tu sangre, Alexis Carter —me dijo.

En ese momento, llamaron a la puerta. Escuché el débil sonido del timbre.

Lo vi ponerse en estado de alerta.

Se quedó inmóvil y agudizó el oído.

Pensé en gritar, pero luego deseché la idea. Podía herirme de muerte y luego tal vez matar a quien venía a casa. Pensé en Sebastian, en Anne. Quizás era uno de ellos dos. Sebastian porque había resultado vencido por el deseo, y Anne porque estuviera preocupada por mí. Después de todo, yo tenía la cicatriz en el hombro, y ella lo sabía. Pudo haber llamado a mi móvil y preocuparse al no obtener mi respuesta.

El timbre volvió a sonar.

El asesino de nuevo me miró, inquisidor, y caminó hacia mí con la daga en su mano.

Presentí que había llegado mi fin.

4

INTENTÉ SOLTAR LAS SOGAS, pero estaban bien atadas. Entonces palpé el abultado anillo de Wendy, el péndulo...

Lo abrí y lo toqué.

Un nombre vino a mi cabeza: John Henson.

—Te llamas John. John Henson —alcancé a decirle.

Se detuvo con la daga en la mano derecha. Me miró extrañado.

—¿Cómo has sabido eso? ¿Quién eres? —preguntó con un tono de voz ligeramente diferente. Como si el ser siniestro e implacable que era por dentro, contuviese a otro hombre, o al menos, a lo que alguna vez fue.

Toqué el péndulo con más fuerza. Con los tres dedos de mi mano derecha. Era mi única esperanza.

Tuve la visión de un hombre entrando en una tienda de conveniencia. Iba con una niña pequeña... Colette... se llamaba Colette. La adoraba. El hombre se despistó un momento, dejó de prestarle atención a la pequeña. Una mujer hermosa le dijo algo y él olvidó por un segundo a la pequeña. La niña salió a la calle, un chico dejó la puerta abierta el tiempo suficiente para que la niña saliera… Murió sobre la vía. John Henson se sintió culpable.

—Colette. Colette me ha dicho que te ha perdonado. Dice que sabe que no fue tu culpa. Quiere que vuelvas, que dejes de ser lo que ahora eres. Quiere que vuelvas —le dije en voz baja.

El péndulo cayó de mis manos en ese instante. Hizo un ruido metálico al chocar contra el piso de la bañera. Pensé que estaba perdida sin él. Pero no fue así.

Había una lucha interna en Henson.

—¡Colette, ¿estás ahí?! —gritó y levantó la daga.

Después de todo, iba a asesinarme, no tuve dudas.

Pero hizo algo extraordinario: con la mano derecha, cortó su propio cuello y cayó hacia atrás.

5

Fue Anne quien tocó a la puerta. Sucedió lo que yo pensé. Se había quedado inquieta al no ver en su móvil alguna respuesta a su mensaje.

Al día siguiente, nos reunimos en su oficina.

Antes le conté lo que había pasado. Confiaba plenamente en ella.

—No puedo creer que ese hombre haya estado tan cerca todo el tiempo. Se veía tan… —me dijo.

—¿Inofensivo? —completé.

—Sí. John Henson. Es tan extraño que se haya suicidado solo porque le dijeras lo de su hija. Tendrás detrás a Asuntos Internos, Alexis. No serán tan comprensivos como yo. Creo que podrás argumentar que Henson estaba padeciendo un episodio de alucinaciones o algo similar, y alguna voz dentro de él le indicó que se cortara el cuello, o algo así. De todas formas, está claro que tú no lo mataste. Las pruebas están de tu parte. Solo hay huellas suyas en la daga. Yo misma te encontré con las manos atadas, y la jefa Tonny te apoyará en todo. De hecho, ahora mismo estoy segura de que vendrá a preguntarte qué haces aquí. Querrá que te tomes el día al menos.

—Algunas veces, Anne, alguien nos brinda una salida que vale más que cualquier otra cosa, sobre todo cuando uno se sabe dentro de una prisión —razoné. Me refería a la salida que la oscuridad le había brindado a mi abuela y también a la que yo le brindé a Henson.

—Lo sé. Me has dicho que le hablaste de su hija. Que de alguna manera supiste lo que el asesino sentía, y que esa culpa por la muerte de la niña había estado allí todo el tiempo, oprimiendo su alma y esperando poder explotar. Pero creo que fue arriesgado confiar solo en eso, aunque no tenías más opción, claro. La mayoría de las personas creemos que cuando alguien hace lo que había hecho Henson, ya no hay nada que recuperar para redimirlo.

—Sí. Pero una persona especial me dijo que debía confiar en mi intuición. Me pareció que Henson se había convertido en un monstruo gracias a esa gran ira que envolvía una enorme culpa por haber perdido a quien quería.

—¿Por qué mató a esas personas? ¿Te lo dijo?

—Lo contrataron para ello —le respondí.

—¿Quiénes? ¿Los de la secta de Topeka que querían muertos a los primogénitos de los traidores? ¿La oscuridad de la que me hablaste? ¿Eso es lo que crees?

—Sí, Anne. Son personas que reclutan a otras valiéndose de sus necesidades. Esto está muy lejos de terminar.

—Creo que sabes más de lo que dices, pero soy paciente y estaré aquí cuando quieras contarme todo. Además, creo que aunque sea doloroso, debes hablar con tu padre. Él podría ser clave en este asunto —completó.

—Lo sé —afirmé.

Era algo que iba a hacer. Debía enfrentar los demonios de mi pasado.

—¿Cómo está Rossy? —pregunté.

—Afectada, pero saldrá de esta. Dolida por la muerte de su novio, el verdadero, pero aliviada porque por el falso Martín no sentía nada, no había química. Creo que enterarse de la verdad fue lo mejor. Aunque esté triste ahora, volverá a confiar en su intuición, porque la persona que conoció en línea muy posiblemente era, como ella misma dice, su media naranja. Le he dicho que no hay una sola media naranja en el mundo y que pase la página lo más pronto posible. Eso hubiese querido ese hombre que la quería.

—Rossy es fuerte. No parece, pero lo es. La necesidad de algo diferente, lleno de misterio, también es una fuente de felicidad para quien, como Rossy, pretende descubrirlo todo a través de las máquinas. Por eso se ilusiona con relaciones virtuales. Y si eso la hace feliz, es bueno que crea que las cosas pueden volver a salir bien, como le hubiesen resultado con Roy si Henson no lo hubiera matado.

Me sentí culpable en esos momentos, ya que fue para que Henson se acercara a mí y a la investigación que el novio de Rossy terminó siendo asesinado. Pero una voz, la de mi abuela Denisse, me dijo desde dentro que la culpa no era buena consejera, y la prueba de ello era en lo que se había convertido John Henson.

—Fuera de todo pronóstico, ¿sabes quién la está consolando y se ha portado estupendamente? —me preguntó Anne, sacándome de mis pensamientos.

—Juliet Rice —respondí.

—Exacto.

—Juliet es un enigma. Es algo fría, muy racional, pero es capaz de interpretar las cosas de una manera especial, y hay que considerar lo que dice porque de una forma, puede que no muy clara, es reveladora. Mira que le parecía insólito que Rossy llamara novio a Martín Brody, y leyendo mal su actitud, pensé que estaba celosa de la felicidad de Rossy. Pero no era así. Veía algo mal, una distorsión. Puede que, incluso más que nosotras, se diera cuenta de que lo de Rossy y el falso Brody no funcionaba. Lo que pasa es que no sabe cómo expresar de manera directa sus afectos y sus preocupaciones. Pero es muy perceptiva —concluí.

—Creo que te entiendo un poco. Pero solo un poco —reconoció Anne—. Lo que quiero ahora es que todo vuelva a la normalidad; la ciudad, las aves, el río, nosotras…

No sabía si eso sería posible, pero no le dije nada.

—Logan Callen ha venido por sus propios pies. Es un acosador, pero claro, no es un asesino. Volvía a casa, y cuando vio las unidades policiales, pensó que lo habías denunciado por haberse obsesionado contigo cuando te diste cuenta de que te seguía a todas partes. Y alguien tan impactante como Alfred Price, chiflado por él. Cada vez entiendo menos —confesó Anne.

Recordé a Price y su extravío.

—La verdad es que, por mucho que lo pienso, no comprendo la fuerza que tuvieron tus palabras ante ese asesino tan monstruoso... —insistió.

—Piensa que una de las cosas que hace a la gente plegarse a la oscuridad, a «la secta», como tú la has llamado, es el miedo. Cualquier miedo; al fracaso, a la exclusión, a no ser querido. En este caso, el miedo a volver a querer a alguien y fallarle. Ese fue el principio de su descomposición y su poder. Esa secta con sus mensajes oscuros, pero necesarios para quien se le une, descompone, pudre el alma. Nos hace ciegos sobre lo importante, como los pájaros que caen al estrellarse, como ese pobre pajarito que viste morir. Entonces, las palabras adecuadas pueden brindarte la luz de repente y sacarte de esos dominios tenebrosos. Algunos se atreven a salir y otros prefieren quedar en tinieblas.

—Eso sí que lo he entendido. Sabes que lo que me mantenía con vida, la vez que me salvaste, era pensar en mis hijos. Siempre uno encuentra en el recuerdo algo más grande que los abismos. «¿Qué es el infierno? Mantengo que es el sufrimiento de no poder amar». Es una cita de Dostoyevski.

No sabía que a Anne le gustara la literatura. Una cita así hubiese esperado escucharla de Lilian Peterson. Debió ver cierta sorpresa en mi rostro porque se encontró en la necesidad de explicarse.

—¡Oh…!, debo haber sonado muy filosófica. Últimamente he estado leyendo *Los hermanos Karamazov;* una página por día porque llego a casa muerta, pero me está gustando. Puede que por lo que dices, para buscar cosas nuevas que nos muevan un poco las neuronas —confesó Anne.

Asentí y sonreí. ¡Vaya si apreciaba a Anne! Era como la hermana que nunca tuve.

—Y a Gideon Hapgood parece que se lo ha tragado la tierra. ¿De quién sería esa sangre, Alexis? —preguntó, cambiando el tema y tornándose meditabunda.

—No lo sé, Anne —le respondí.

Pensaba que Hapgood estaba en algún lugar reunido con los que enfrentan a la oscuridad. No sabía nada de ellos, pero con este confuso caso comprendí que no estaba sola. Que la oscuridad tenía enemigos que sabían de su existencia. Mi abuela fue una, desde el momento en que renunció a matar a Wendy Tandy, así como también Daniel Braun. Desde el principio los enemigos de la oscuridad han existido, y también siempre habrá gente que la abandone, que deserte de sus filas, y justo por conocerla desde adentro, será más valiosa al enfrentarla. No sabía nada de Hanot, de Brais, pero ahora contaba con el péndulo de Wendy, y eso me había devuelto mucho valor. La oscuridad estaba avanzando, mas yo no iba a quedarme de brazos cruzados sin hacer nada ante la destrucción que planeaba. Más que nunca iba a plantarme ante ella con mi confianza renovada. Así como lo hice con Henson.

Esta vez los vencí porque él decidió al final ir en contra de ellos y actuar a favor de su viejo sentimiento por Colette. Al verse perdonado por ella, no quiso seguir siendo el monstruo que era en ese momento. Puede que supiera que ya le iba a resultar imposible dejar de ser un consumidor de sangre humana. Por eso acabó con su vida.

—De alguna manera, y no a través de los procedimientos normales, es que esta vez les ganamos, Anne, y evitamos más muertes —concluí.

Ella movió la cabeza en señal de afirmación.

—Para eso estamos aquí. ¿Qué harás con esa cicatriz en tu hombro? —me preguntó.

—No lo sé. Por ahora ha pasado el dolor —respondí.

La oficina de Anne tenía las persianas plegadas, así que podíamos ver a quienes caminaban por el corredor del Departamento. Entonces vimos a Sebastian.

—Y bueno… creo que te buscan —dijo ella con picardía.

Sebastian se detuvo en medio del corredor y levantó la mano para saludarme.

No pude hacer otra cosa sino sonreír.

6

UNA PERSONA que vestía de blanco caminaba junto a un hombre de traje oscuro por el sendero junto al río Arkansas. Desde allí podía verse la parte de la ciudad devastada por el paso del tornado. Las aguas del río iban perdiendo poco a poco la coloración rojiza. Unos trabajadores municipales limpiaban y recogían las plumas y los cuerpos de los pájaros muertos.

—Creo que debemos hacer algo más radical. Alexis ahora cuenta con el péndulo de Brais. Y sabes lo que significa eso. Su capacidad será más fuerte, obtendrá mayor claridad. Ha resultado ser un gran obstáculo. Doblegó la voluntad de Henson. Y él era uno de nuestras mejores adquisiciones —dijo la persona que vestía de blanco.

—¿Ha sospechado de ti? —preguntó el hombre al tiempo en que sacaba un cigarro y un encendedor.

—No lo creo, pero sabes que no tengo la capacidad de la empatía. La mía es muy diferente —respondió la persona.

—Sí. Lo sé. La tuya es fingir emociones que no sientes, de forma magistral. Eso es de las cosas más útiles en el campo.

Eres una persona probada y confiable —dijo el hombre y luego se llevó el cigarro a la boca. Después hizo una señal de saludo a uno de los que limpiaba el lindero del río.

—El asunto es qué vamos a hacer con Alexis —sugirió la persona de blanco.

—He tomado una decisión. No podemos apresurarnos.

—Puede que sea hora de que conozca la verdad… —sentenció y miró hacia abajo. Eso hacía cuando intentaba sembrar una idea en la mente del líder. Quitó una mota de polvo de la manga de su prenda blanca como la espuma.

—Sí. Es muy posible. El hombre que dejamos en mi lugar ya no es útil. Hay que asesinarlo y cremar su cuerpo. Encárgate. Presiento que Alexis Carter hará una visita muy pronto al correccional Bell, y al verlo sabrá que no soy yo. Más allá del extraordinario parecido entre nosotros, ella lo descubrirá. Ha sorteado todos nuestros ataques y ahora hay que mirarla desde otra perspectiva.

—¿No será llamativo que en dos instituciones gerenciadas por la Bell mueran hombres repentinamente? Me refiero a Adrián Felt y a Kilian Carter.

—No. Muere gente todos los días. Los locos y los asesinos son prescindibles desde siempre. No habrá problema al respecto. El fallo de seguridad de Garden Felicity, aunque me molestó, no debió ser tan grave. Después de todo, él no sabía gran cosa. Solo lo elemental. Algo de historia.

Después de que el hombre dijo eso, expulsó una gran bocanada de humo y cerró los ojos.

—Ahora mismo Alexis cree que ha vencido, por lo de Henson. Dejemos que lo crea así… —dijo.

Sus ojos brillaron y su boca dibujó algo parecido a una sonrisa. Tuvo una visión en ese momento, pero no la compartió con su acompañante.

FIN

Anne y Alexis regresan para resolver un nuevo caso en la cuarta novela de esta serie: *Donde nace el coraje*. Obtenla aquí: https://geni.us/DondeNaceElCoraje

NOTAS DEL AUTOR

Espero hayas disfrutado la lectura de esta novela.

Si te gustó mi obra, por favor déjame una opinión en Amazon. Las críticas amables son buenas para los autores y los lectores... y un estudio reciente (realizado por mi persona) también indica que escribir una opinión positiva es bueno para el alma 😊

¿Sabías que ahora también puedes disfrutar de mis historias en audiolibros? Te invito a gozar de esta experiencia con mi relato *Los desaparecidos*. Escúchalo **gratis** aquí: https://soundcloud.com/raulgarbantes/losdesaparecidos

Puedes encontrar todas mis novelas en mi página web: www.raulgarbantes.com

Finalmente, si deseas contactarte conmigo puedes escribirme directamente a raul@raulgarbantes.com.

Mis mejores deseos,
Raúl Garbantes

amazon.com/author/raulgarbantes

goodreads.com/raulgarbantes

facebook.com/autorraulgarbantes

twitter.com/rgarbantes